從地獄重生的惡魔

陳風——著

作者序

本名：陳昱焜，筆名：陳風，台灣省土生土長基隆人，雖然最大的夢想是慈善企業家，但卻成爲從小不好好讀書的混世大魔王，因爲長輩疼愛被冠上衆人俗稱「媽寶」的代言人，是個不折不扣的敗家子，後來因緣際會踏入殯葬業後才慢慢長大，經歷過一次創業失敗，更在精神上遭遇特別的夢遊仙境，但卻成爲了讓我自豪的父親角色，而今還在就讀在職專班研究所的我，平日以靠開開優酷維生，因爲長時間在車上等系統派單，於是動了寫書的念頭，而這本書也將會是我在車上利用營業空閒來完成的第一本書，將會利用淺顯易懂的模式來使各位了解一些智慧，讓讀者進入黃金知識鄉。

從第一次殯葬創業失敗至重新振作因爲精神困擾浪費了許多年，過程中做倉庫管理員來平復心情後決定從頭來過，因爲爺爺叫炳煌，奶奶叫寶鳳，所以這次我決定把公司叫作「鳳煌生命禮儀社」，希望祂們能保佑我順利，一直期望有天能改變現今社會大衆的殯葬理念，樹欲靜而風不止，子欲養而親不待，長輩在世時子孫都沒時間陪伴，過世了花那麼多的金錢來彌補，何不珍惜相處的日子？讓薄養厚葬的觀念從我們改變，但當這本書出現在大家面前時已經暫停營業了，不管未來是否還會復業？還是希望祖先能保祐完成服務人群的心願。

出社會就做不正當的行業，還因爲組織罪上過法庭，那時候眞的都不懂，警察問什麼我就講什麼？結果還被轉成污點證人，直到第一份工作就是地下錢莊，還因爲重利罪開了幾次庭，但因爲平時心軟不會向人催債，所以客戶都沒把我咬出來，之後因爲孩子想遠離那環境，但錢莊的哥哥也眞的對我很好，挪用公款也沒跟我計較，甚至後來還出錢幫我開了第一次創業的禮儀公司，但我還是辜負了他，最後他們自己把店拿回去經營，其實我也就是一顆棋子而已，可是當初離開錢莊時把人頭號碼用丟，結果白痴的用自己名字辦門號來給公司用，後來知道有一位跟我很好的客戶自殺，那時候我感覺就像在間接殺人，讓我頓時充滿了罪惡感，而今回想到孩子在前妻母胎裡時，我們竟然還做會影響孩子的蠢事，好險老天爺讓我兒子健康長大，否則我一輩子都不會原諒自己，或許……他就是上天派來改變我的吧！

但其實現在還是很擔心以前他還在前妻肚子裡時還一起吸毒，不知道以後他會不會有後遺症？對於有公衆人物說百分之八十做兄弟的是不得已，其實我覺得是百分之二十吧！其餘的說的都是藉口，而我想表達的重點是說，當你出事時會無條件爲你付出的，只有父母，所以賺了錢要拿回家比花在外面多，不管你做什麼職業？關心外人絕對不能比關心家人多，更不用說那些喝酒家暴，賭博回家拿錢，根本就只是個屁。

而現階段的我正經歷一場很悲傷事件，從高中認識就跟我情同親姊弟的一位乾姊姊，在我決定寫這本書的幾個小時之後被發現自殺身亡，當一個人以自我了解的方式去面對，到底是經過多少次的無限憂鬱輪迴？活著眞的需要目標，有目標才會有期望，有多少家庭被重利搞的破碎？又有多少人被毒品控制心靈？或許沒人強迫受害者去接受，但這種間接殺人的行爲我眞的很痛恨，因爲那就是趁人低潮時把人往死裡打，希望這世界眞的是天道有輪迴、地上有報應。

活在當下是最可以讓人心安的事情，但也是因爲我們都選擇只在當下活著，所以導致很多時候腦海中會突然浮現出「假如那時候我這樣做就好了」或者是「當初如果我選另一種是不是現在的我就不同」，其實沒有當初錯誤判斷出做的決定，絕不會有成長及反思自己的機會，唯一能證明選擇到最後是對是錯只能靠時間，如果問我這輩子什麼事最後悔我會說：「結了婚卻沒有得到理想中的家庭。」但你問我什麼事是唯一不希望重來的我卻會回答：「因爲有了我兒子才結婚，如果沒當初就不會有他也不會有現在的我。」

常常現實和理想總是在矛盾對抗著內心深處所有與我們期望反方向發展的進行式，曾經手機的解鎖密碼是畫了一半像家的形狀，而另一半的家代表著以後陪伴我那位另一半，當時很不孝沒有想過這個家是父母親賦予我，是不是也應該把他們包含在裡面？隨著父親這個角色帶出來沈重壓力以後，發現當個稱職的父親眞的不容易，更何況讓孩子成爲單親家庭長大者，有時要像父親般嚴厲又有時要像母親那樣溫和，相信現今社會有很多像我需要扮演很多角色的人。

有些人遇到了問題會悲哀悔恨當初，其實勇敢面對無奈才是最好的決定，在我們想辦法使孩子成長同時也會讓自己變更強大，尤其是陪著他一點一步步向前邁進時，那種成就感會產生動力就想讓我們比別人更好，因爲我希望當孩子在看著別人都是幸福家庭時，他會告訴自己有個比他們爸爸更努力的爸爸，只是爲了我不想讓他輸這麼簡單的理由，所以也希望他不要輸。

記得有次我跟他說：「長越大跟你挑戰的人會越來越多。」所以有機會接受別人的挑戰時不要怕輸，輸了就輸了你想做什麼就去做，只要不是做壞事我都支持你，這孩子竟然回我說：「我就是喜歡越多人跟我挑戰，而且你讀到哪我就要讀到哪？」好吧！我說：「男子漢說到要做到，我答應你的事除了戒菸其他的都有做到喔！」所有發生在我身上的事，無論對或錯雖然有時會感到後悔及怨恨，但是只要每次出現負能量時就會去想著要當兒子的榜樣，想在這裡告訴孩子：「只要我們努力，最終將會把悔恨變成屬於我們的驕傲。」

前言

有人問我有沒有想過以後要做什麼？對於現在的生活是否滿意？其實我有孩子後一直都知道自己要什麼，但現實總會在空氣中隱藏著COVID-19，中了之後就不得不隔離幾多個日夜，還要擔心著會不會傳染給別人？拖慢了日程表裡原有的行程，PCR陰性後又要重新提起精神，追趕著未完成的進度，忽然想起有一次參加馬拉松，或許是因爲那時的我有人群恐慌症吧！比賽的過程中肚子突然來個大翻滾，結果大便就像火山爆發般的從屁而降，這時的我能怎麼辦？當然是夾著屁股往前跑啊！看到了間移動式公廁，立馬衝到了廁所以閃電般的速度，脫下了沾滿巧克力的內褲後，還不忘擦擦蠟筆小新的屁屁，丟到沒有垃圾桶的角落，打開門裝做若無其事的跑向終點，這不就是苦中作樂的人生嗎？難不成要我拿條「挫賽」的內褲，在廁所門口大喊著：「誰能幫我買條內褲？」一眞是的！誰會理你？

昨天回去看外婆時，因爲她有輕度失智，正當要洗米煮飯，我叫她趕快別洗米了，她說舅舅下班也要吃啊！我說要出門買兩個便當回來就好，買回來時她老人家紅了雙眼，告訴我說賺錢不容易，別再花錢在她身上了，當下我並不難過反而覺得好笑，小時候我是外婆帶大的，長大後也沒跟我要過一塊錢，如今卻爲了兩盒便當，哭的像個小孩子說：「疼我值得」，但慶幸的是好險外婆還記得我是誰？因爲外婆前一秒說的話做的事，下一秒就可能會忘了，所以家人都不敢讓她煮飯，眞的像小時候她照顧我們那樣，擔心她走路會跌倒、做事會受傷，但不同的是我們是慢慢成長爲大人，而他們是漸漸退化成爲嬰兒，失智症是目前唯一研究不出治療方式的疾病，只能開些讓老人家鎮定的藥物，避免他們思考或做危險的事情，當家裡的老人家一直重複說同樣的話，重複著思考同樣的問題，忘記自己剛剛做的事情，請記得當我們小時候什麼都不懂時，他們也是這樣陪伴著我們到能自理，所以請對家裡的老人好一點，或許有一天他會變成嬰兒，不知道在他眼前的那位是誰？

其實我想要的願望就只是讓長輩有天能爲我感到驕傲，所以當這本書完成之後我一定要先拿回去給外婆看看這是他孫子出的，雖然這並不是什麼值得光宗耀祖的事蹟？但我只是很簡單的想讓外婆知道她擔心的孫子長大了，也順便告訴在天上的祖父母、外祖父，我會一直努力下去，那個長不大的孩子有天會帶著榮耀去看祢們的。

說說這本書裡到底寫什麼？大綱是由古代的名言翻譯爲題材，隨即轉入到以現代做基礎的文章，裡面包含了心理學、勵志雞湯、勸世小品、歷史故事、厚黑學，因爲希望讀者可以能稍微讀到前人的思想，所以特別以這種方式開頭，因爲身邊朋友都不喜歡

讀書，希望能藉此引導他們了解一些道理和知識，但實行了一段時間後發現，不喜歡看書的人就算拿刀拿槍逼著，他還是不願意認眞去思考文字的意義，最終就放棄了這種想法，隨之而來的直覺告訴我，不如寫給想要提升自己思維的讀者。

時間是最寶貴的資產，每個人一天都只有二十四個小時，時間花在哪成果就會在哪？最近忽然又有種無助，或許是自己變懶不太想跑車的關係，收入因此就降低了許多，總覺得還有好多事情想要去完成，也有很多事情還沒有完成，然而時間這東西彷彿是人生中一大課題，有些人能把它控制好來達成自己的目標，而我覺得才剛結束一件事就有另一件事等待解決，如果有哆拉a夢的時光機讓我年輕個十年多好啊！四十歲了還能有多少時光？

終於知道爲什麼有些人到中年就容易放棄，或許是因爲體力不允許像年輕人那樣般拼命，也可能是目標好像離自己好遠好遠，所以大多數人到了一定程度就選擇認命了，也不會再有多大的抱負去產生應有的動力，人生就好像一條橡皮筋拉久後會失去彈性，越接近盡頭時已經沒有當時的韌性，想要綁住希望卻更容易讓它掉落溜走，到底希望在生命中佔據著什麼樣的角色？

可能就像是凌晨五點爬上山頭時等待的那片日出，那是你付出辛勞後才看到的美景，當你知道今天看到日出機會渺茫時，還有可能想要從山底爬至頂端就爲了個不確定的結果而努力嗎？

這種心理就像單身的人老了以後隨便找個人將就過日子是一樣意思，不曉得堅持住能不能看到我想要的風景？從大腦直覺延伸到判斷的過程中出現了不同畫面，直覺看到一片雲但沒有光線刺眼的太陽，可是經過思考後又會感覺日光慢慢從東邊升起，在堅持與放棄之間掙扎著的那種感覺，有點像憂鬱症發作時期望振作後又被了拉下去，但我知道這最後決定是能由自己去控制的，因爲經過了低谷所以這種選擇對我還算不難，或許結果可能跟想像會不一樣，但這座山我已經踏往日出的方向去了，這一刻若往回走下去就連雲朵也沒機會看見，路上也許能遇到幾隻兔子對我微笑，也會聽到在樹上的鸚鵡對我說「加油」，最後我將在一片有彩色羚羊的草原上看牠們飛舞。

等待著用生命做最後的賭注，因爲我知道現在沒盡力就可能沒機會了，感覺很像在賭博一樣，卻又不能想著一步登天，很多年輕人都像我當初那樣一般浪費青春與生命，其實時間走了就眞的走了，而且沒有機會重新再來過的，所以或許我眞的只剩下這幾年能全力衝刺，賭注下好也離手了，無論未來成功與否我都會勇敢承受，並且告訴自己不到最後決不放棄。

目錄

第六章 用行爲觀察心理

第一章

青春歲月和流逝時光

養兒方知父母恩

在我還年輕的時候，覺得能幫助別人是一件很開心的事，這也是我後來踏進殯葬業初衷，本來以爲是自己當初環境不單純，或許換到正常環境就能改變，但常言道：「有人的地方就有江湖」，社會的道路不會因爲你想善良，就讓你一路順遂小心行走，有時你出自本意的好心，就會莫名被解讀爲別有用意，有時你不是故意造成對他人的傷害，就會被誤認爲是心存惡意，所以後來我發現了一種千古不變定律，就是叢林生存法則中的弱肉強食。

唐太宗李世民的「玄武門之變」，當時他如果不殺太子李建成，死的就是他李世民，綜觀人類以文字記載五千年歷史，所有事件都是重複發生著，唯一不變就是名詞之間的變換，現在大家所說民主社會，其實在武則天執政時期就有，還專門設立百姓投訴的信箱跟官職，只是以前用武力而現在用投票來產生政變，所以我們該慶幸生在養精蓄銳的時代，因爲戰爭成本是俗話說的：「大砲一響、黃金萬兩」。

也該慶幸我們能來到這世界走一遭，讓我體會到了「養兒方知父母恩」，雖然沒辦法感受懷孕至生產的過程，但相信讀到這篇文章的媽媽們，都能回想到寶貝得來之不易，尤其是偉大的母親，要比男人經過平均三十八週的辛勞，所以在這特別向所有的母親說聲「您辛苦了。」

另外平均五千名孩童就有一名因爲父母各種原因而成爲孤兒，他們沒辦法像我們過著母親節，更或許在大家歡樂時，他們選擇了默默承受孤獨，曾經有位風水命理權威黃震宇老師，他告訴我如何佈施？今天你進便利商店時把口袋零錢，投入捐款箱時不痛不癢，而且店員會說：「謝謝您的愛心」，這才是眞心佈施，假使今天您花了一兩千捐款，但覺得心不甘願，那就失去助人意義了，倘若您願意嘗試著無痛佈施，幫助著在我們看不到的地方，還有那群需要大家關心的人，請各位能爲社會盡一點微薄之力，讓他們知道世界上不只有自己去面對，還有很多人在默默支持及鼓勵著。

在辦了那麼多喪禮後發現，除了少數不孝子女外，幾乎所有人都是在卽將要永遠分離時，才知道要眞正的感謝父母親，所以希望看到此書的讀者有空時打個電話給父母們，卽便當初的你們關係有多不和諧，但如今我們還是健健康康生活在世上，沒有最初那個家哪有現在的我們能好好去看看這世界？

記得前言時說到跑馬拉松「挫賽」的事嗎？當時我是眞的有「人群恐慌症」，但醫生診斷爲「自律神經失調」，但個人覺得比較像「精神分裂症」，如果說是人爲因素大家一定不信，反正常被人當神經病看待，就算我認爲有讀者知道也不會告訴我，這種想法還眞像有問題的，不過這不重要，因爲我從地獄爬起來了，想起精神錯亂那個時候可憐了家人，因爲在家時都會感覺母親在害我，每次發作時父親就會被母親叫回來（因爲我是單親家庭長大），甚至兒子犯一點小錯我就會暴走而打他，更痛苦的是每次出門時，走在路上就感覺每個陌生人都偸偸在罵我，眞的不誇張，我外出就有一堆聲音傳入我大腦裡，可是偏偏就是有人想讓我知道這不是幻覺，休養期間有次在半馬自主訓練時，卽將突破九十分鐘那一刻，有一群人從體育館的休息室出來外面看我，這眞的是一件很神奇的事，因爲他們怎麼知道我破九十分鐘？是巧合的話也發生太多事在我身上了，不過這裡不談發瘋的狀態，就讓大家當我是瘋子，至於那些故意讓我知道的人，在這裡跟你們說聲謝謝，因爲你們才感覺到，還是有人想看我爬起來，奇怪的是幫我竟然都是陌生人，在重生前關心我的朋友少的可憐，精神狀態還沒變好之前那幾年，打電話給我的朋友一隻手的指頭用不完，或許是過往造了太多孽吧！換言之，做壞事的人大家怎麼都不敢吭聲？還眞是人善被人欺，雖然我眞沒多好，但也是作奸犯科裡的好人，不管到底是什麼原因？眞希望再讓我體驗一次，你們不會懂從地獄往上爬的那種痛處（可能有被虐傾向），會產生莫名力量告訴自己：「有機會我會讓你們也嚐嚐」，所以不要做壞事喔！夜路走多了會遇到鬼差。

「有用者，不可借，不能用者，求借。借不能用者而用之，匪我求童蒙，童蒙求我。」，這句話出自《三十六計．借屍還魂》，白話文的意思是（凡能有作爲之人不得加以控制及利用，而沒有作爲之人需依附別人而立足。利用沒有能力之人就能控制他，這不是我受制於人，而是別人將被我所制。）

隨著網路世代的進步與發展，現今社會風氣已不像以往純樸，年輕人甚至出現了自己不努力，希望從別人身上輕易獲取報酬，因此出現很多的詐騙及直播主，更影響增長出笑貧不笑娼歪風，導致很多有貪念及孤獨的人們，用辛苦賺錢滋養給心存僥倖者，或者一些叛逆的孩子爲了利益，被犯罪分子引誘成替罪羔羊，做出了斷送前途後悔莫及之事，而最傷心一定是生養我們到大的父母親，雖然他們沒能給我們好過別人的生活，但卻把他們擁有最好的一切都留給我們，因此就算沒出息也別反過來讓白髮人傷心才是最重要。

貧窮引起投機心態

這裡談談毒癮是什麼樣的感覺？先不說它對人體產生的變化，因爲產品跟體質會讓每個人不同，但言而總之發癮時就是難受到茶不思、飯不想，就只想著要怎麼才能解憂愁，其實它就是一種習慣，當習慣升級成爲日常，就像餓了想吃飯、渴了想喝水，人賺錢是爲了要生活，當生活是爲了要解癮，那你覺得沒有錢會怎麼辦？曾經我就經歷過睡前想、起床想、工作想，有空閒時就想吃毒品的荒唐歲月，如果你把當初的我當個人，那肯定是近視太深或者是老花看不清楚吧！也就是這些在浪費青春使我到如今還是一事無成。

可是成癮終究是不對的行爲，除非你不用賺錢或有辦法讓興趣成爲自己的本業，否則就連清朝的鴉片皇帝清文宗咸豐也沒辦法在毒和慾中保住江山，最後身體不勘負荷三十一歲就英年早逝了；明世宗嘉靖長年修練丹藥十幾年不上朝，導致官員貪汙腐敗，社會起義不斷，多位良臣遭權臣殺害；爲了信奉佛教而四次出家，因狂熱而不理政事，甚至讓大臣們不惜花光國庫奉獻寺廟只爲替梁武帝蕭衍贖身；爲了奇珍異寶而貪斂民財，重用貪官使民不聊生的昏庸藝術家宋徽宗趙佶，這些例子都足以證明不管一個人是否有權勢？只要行不正就會在慾望和貪婪底下喪失仁義道德，不論是貧窮或富貴都會不理性去滿足所想要的慾望，而所有事物都是一體兩面的情況下，爲了目的不擇手段使之達成心理所求虛榮及快感，卻也因爲那些舉動失去過往努力奮鬥所得到的成果，並且絕大多數都不得善終。

從古至今就有極端的社會觀念，所以才造就了極端兩種環境，富者更富窮者更窮，但如果要說個原因，其實還眞的是個人作爲造成，我們就不講衣食無缺的會不會思淫欲？但起盜心的一定是不願意努力，這點我相信大家不能否認，現在台灣的工廠幾乎都是移工，而那些主管是台灣人，但他們說台灣年輕人覺得太累做不下去。

其實做事情跟讀書是一樣的方式，萬事起頭難尤其是面對新事物時，想當初我看那些古代書籍時根本就一頭霧水，但最重要是邊看書時需要邊回想人生經歷，就能慢慢懂得書中要傳達的涵義，漸漸會發覺古人思維邏輯使我感到越有趣，和工作上其實更容易體現熟能生巧是相對道理，因爲書籍並不是每個人都喜歡同樣類型，我就不愛讀雞湯類的文學，雖然淺顯易懂而且具有勵志效果，但其實每個人都清楚知道那些勵志雞湯所表達，看完了以後自己會鼓勵自己（一定要往前進），眞是個美好又對未來擁有無限可能的一天，可是卻往往只有看完書後那一剎那，我是覺得那可不必浪費時間翻翻頁章、複習國字，坐在房裡冥想之後就能自己寫出一篇雞湯文了。

當腦中出現負面思考狀態，平復情緒固然是療傷或打發時間的出發點，也請各位要將內容貫通並實踐在自身上，一句話、一本書甚至一部電影裡頭，總有那麼小部分文句是值得我們放進腦中資料庫，有事沒事可以找出來回味溫習一番的，就算船過水無痕，也該牢牢記得岸邊風景，呆呆地坐上船然後傻傻等待靠岸下船，那些日復一日的生活裡沒能體會到生命眞諦，豈不白白來趟世界又悄悄睡進棺材裡面，人生最美的風景，不就是旅途過程中所體會的點點滴滴嗎？

「莫非定律」裡也有表示，當你覺得不重要的事，往往就會出現在生活當中給了你一頭棒擊，就像考試時認爲不會考就忽略的題目，一定會在試題裡出現，相反的認爲原本該對的題目，就偏偏粗心大意寫錯了，所以人在生活中必須常思考及反省失敗的原因，等失敗多了自然就能清楚該怎樣努力才不會白做工？因爲時間是過一分鐘少一分鐘，每分每秒都是該去珍惜的，尤其對於過錯盡可能不再犯。

每當覺得生活中少了鬥志時，我就會回想那段在地獄的時光，重複播放著，就像臥薪嘗膽一樣，這樣就會使我在怨恨的氛圍告訴自己要振作了，雖然不是個好注意，可卻是當初活下去的意義啊！重複著憂鬱然後慢慢去習慣，自然就把這感覺當成享受了，想當初這些讓我生不如死的感受，沒想到竟然會變成了動力，所以當生活遇到困難時不要選擇逃避，勇敢去面對到最後就會習慣解決問題了，雖然還是在谷底掙扎著，但相信總有一天會游上岸，一定會用我的能力幫助更多需要且善良的人。

現在每次年節過了就會覺得自己少了一年時間可奮鬥，並且死神離我更近了一些，過去的這幾個歲月裡總該得到什麼經歷好能在未來更接近心願吧！

我想曾經那些腦子進水的日子雖然低潮對人群恐慌過，但是所有眞假之間不論對錯還有件事情值得用所有受的罪去交換，無非就是我現在最引以爲傲的孩子，雖然他沒有特別好成績讓我可以炫耀，也時常忘東忘西並把話當成耳邊風一樣的健忘，不過那股倔強還眞沒辜負爲了證明是親生的還像發瘋似胡思亂想又亂搞一通，有時還眞不知道該感謝還是無奈？明明很簡單也不用浪費這麼多年就能解決的事情，只能仰天長嘯一聲「哈哈」來輕輕帶過。

所有過程總歸一句自己年輕時不爭氣，如果早點有解決問題跟排解疑問的能力，而不是像個傻瓜耳根子輕或許如今生活會好些，但也因爲這樣我才能吃到惡魔果實啊！

接下來就只能和時間賽跑了，希望我跑得會快它那麼一些些就好，即使在生命盡頭倒下的那一刻先穿過終點線就好，讓成爲天使之後的我不用擔心兒子這樣就好，請再多努力一些親自用雙手拿起榮耀就好，希望一切能夠就這麼剛好就好。

勇者憤怒抽刃向更強者

這句話是由魯迅所說，這篇是我看到桃園動保教育園區簡稚澄醫師，因爲網路霸凌而自殺的文章後所感而言，喜歡動物的可以查一下這篇文章，她明明是個熱愛動物的好醫師，卻被寵物業陷害而成爲媒體筆中劊子手，而網路上鍵盤魔人更不加以求證攻擊她，只會人云亦云利用大衆無知的優越感，肆無忌憚在網路上宣洩自我無能情，施暴於無法解釋和面對的那些弱者身上，倘若今天在網路發言攻擊需要實名制，我很懷疑那些人還敢這麼猖狂嗎？

昨天忽然間看見電影《軍火之王》的結局，就是尼克拉斯凱吉被捕，然後從監獄被釋放後說出的那句話：「世界上最大的軍火商就是美國總統。」爲什麼美國槍擊犯罪率全球第一？卻還是軍火店滿街都是！因爲他在法律上不能禁軍火，只要他把軍火賣給第三世界國家，引起武裝分子和政府戰爭後再來當和平使者，不方便出面就由軍火販的角色來完成交易，這時開啟戰爭的武器是由美國出售，解決戰爭的也只是美國政府，這種兩面戰術怎麼樣都是贏？而人民往往只會看見表面所聞所見，卻不去了解事情背後到底有什麼不爲人知？「眼見不一定爲憑」，更何況有許多在暗中進行的事情，權力之蛇足以吞食現實之象，往往我們認爲不可能發生的事件背後，已經在外頭包了好幾層美麗的包裝紙，企圖掩蓋紙盒內那些醜陋，所以社會才有這麼多人民被控制思想，而且深信世界是如此善良，別鬧了！這世界沒那麼多廖添丁好嗎？除了神經病不會有人願意把見不得人的事情公諸於世。

更多的是趁人之危賺取意外之財，或是欺負毫無還手之力的人，不少詐騙分子專挑老弱婦孺行騙，而且最近更向魔爪伸向人蛇集團，以控制貪欲的人們前往國外，再以任何不法方式賺取利益，因爲遠在他方只能任人宰割，這些都是投機分子利用弱者心態才能達成目地的，俗話說「囂張沒落魄的久」，你看那些從事非法行業的哪個有好下場？關的關、逃得逃，以前的黑社會大哥都不會欺負弱小，他們反而喜歡吃更大尾的，哪像現在都以利益爲優先不管道德？只有怕自己受傷害的才會把情緒發洩在手無寸鐵的老百姓身上，尤其是在新聞上看到那種打老人家，或者虐待小嬰兒那種，每次在銀幕前都會大動肝火，讓人有想要立馬衝過去打他的衝動。

「喜怒不形於色」這句話原文爲「少語言，善下人，喜怒不形於色。」指劉備平常愼語寡言，待人和善，不論任何情緒都不會表現在臉上，或許這聽起來是很簡單的事，但能做到的人卻少之又少，在這個現實的社會中，不只要學會識人也要試人，我們可以通過一句話甚至一種行爲，得知對方心裡的情緒，來猜測對方是什麼心態？但一種米養百種人，只能靠表情動作判別機率，這種技是能需要經歷的長時間累積，和體驗過大起大落的人生，控制表情並做到藏好情緒，表示他能勝不驕、敗不餒，不爲小成功而炫耀，不因小失敗而悲傷，也代表著越難找出弱點，且必定是團體中佼佼者，我們也能從中發現誰是歷經磨難過的？因爲從人性裡看清太多醜惡，所以能夠心如止水看待社會，也能面無喜怒去面對人群。

但這種人也相對在心理學上稱爲「掩飾性人格」，往往會把負面情緒壓抑在心裡，久而久之必然造成精神上出現外表看不出來的危險狀態，對周遭人事物時時存著戒備心，甚至在身體上表現出某種發洩情感的舉動，例如：瘋狂購物慾、暴飲暴食或是外在異於常人來掩蓋內心的不滿，因爲不想讓別人看穿心思而僞裝，有些人會因此而得精神疾病，輕則虐待自己、重則傷害他人，所以要在人生蹺蹺板拿捏好兩邊的重量，過多或不及都不是好事，唯有平衡自身才不會用極端性格去做出偏激事情，雖然在成功的道路上需要戴著面具應對才能讓對手看不清虛實，可是在戰爭還沒開始前就算毀敵五百卻自傷一千，那可不是兵家所爲勝之舉，更何況這種技能不是利用負面思維來修練而成，而是該在頭腦清晰時才能產生正確判斷，每個人心裡都住著天使與惡魔，天使帶你往上飛，惡魔帶你向下墜。

其實在社會行走眞的不能讓人察覺情緒，會特別容易讓人知道你喜歡什麼不喜歡什麼？然後投其所好，如果敵人根據你的慾望就很容易控制及掌握你的舉動，這樣不但會輕易成爲他人手中的棋子，並且了解你家中情況，邪惡的人可能因此而對你的家人下手，更可能因爲情緒失控而惹來殺身之禍，或許說了誇張點，但社會上面對利益時眞的很無情，也見過有許多親人因爲長輩過世留下的財產而反目成仇，所以這樣做不是爲了傷害他人，而是更好的保護自己。

誠心交往淡如水

君子之間的交往不因利益驅使，所以用眞心誠意相處，而小人間的交往包含任何功利，外表上會像甜酒般好喝，當然這是指科技和娛樂不發達的時代，友情是積極向上發展，希望你好是不用每天見面，卽使很久才能噓寒問暖，也不會因爲你成功而去找你，更不會因爲你失敗而看不起，而現今的觀點大不同前，好的時候花天酒地、上山下海，表面大家都是相敬如賓，相信是眞心希望對方過的好，等友情退燒時凍結成冰，盼望著哪天看對方跌落谷底？甚至勾心鬥角使之一敗塗地，所以只要好好做自己，君子圈不可能有小人，小人圈也不留有君子。

「圈子定律」又稱「一五〇定律」，是由英國人類學家羅賓·鄧巴於一九九〇年提出，以猿猴爲根據來推算，人類的智力只會擁有大約一百五十個人的穩定社交圈，而特別要好的大約二十人左右，每個人一生平均會認識一千五百人左右，等於裡面會有一成機率和你成爲眞正的朋友，但如今這個網路發達年代卻研究出，在臉書的好友五百人中平均男性會和十七位臉書中的好友頻繁回覆，而女性則有大約二十六位好友的機率去回覆，這種機率眞是顯示出臉書好友的虛幻假象。

事實證明了現今社會交際能眞正影響到身邊人的機率越來越小，但虛擬的朋友卻越來越多，我們常看到臉書上有很多粉絲的網紅，出了事就像過街老鼠大家罵成一團，請問那些在網路上稱兄道妹的有多少人站出來幫當事人說話？所以更要認眞選擇所處環境和交友圈，或許很多人會認爲自己朋友很多，眞的有事時絕對有很多人會幫忙，那可眞是沒踢過鐵板的蠢想法啊！在還有能力跟人噓寒問暖時，確實會有很多無傷大雅的知己和你在一塊，但落魄時你就會知道只有自己會擔心自己，但若本身沒有利用價值就別想了，好好奮鬥、好好努力，才能在需要幫助時幫自己一把或遇到貴人相助。

評判事物的本質，不應以自我的情況去否定別人，大多時候面對問題時，一般都會先從外在來定義，這也造成很多明明不嚴重的事，到後來卻演變爲互相傷害，因爲我們大部份只看到表面，卻沒想到事情發生之前，對方或許剛經歷了一場悲劇，但影響人的思考方向通常來自原生家庭及成長環境，善良環境之人會先從好的角度思考，而從小經歷了人性黑暗面的朋友，遇到問題必定先用消極方式解決，所以當我們面對困難時有三種結果，最好的是和平解決問題，其次是有一方受到打擊，再者是雙方都兩敗俱傷，而通常對事物的評判，就是內心善惡的根本，但人性本質絕不可能有太大變化，只能改變思考及解決問題的情緒。

「跟著蒼蠅找廁所，跟著蜜蜂找花朵。」，這句話常常在網路上看到，不過這幾年才有深深感悟到！其實身邊的人會影響你的思維和行爲，從小的家庭教育決定了一間房子地基夠不夠穩？隨著學校教育便開始綁鐵造牆，出社會後的圈子影響看事情角度，和越有文化知識的人相處，相對他會更從登高望遠的地方考慮及觀察，並不是教人一定要現實，而是叫大家要多爲自己著想，如果有人說他不想這麼自私！相信我，那個人不是對自己沒信心就是不想努力。

正所謂「道不同不相爲謀」，若三觀不相近的人就會覺得對方做事不順到心，想努力往上爬就會覺得不自律的人安逸，而想平順過一生就覺得有野心是好高騖遠，眞正善良的人則會換位思考體諒他人所想，更願意接受別人和自己看法不同，不會像鍵盤魔人般過著酸民爲以驕傲的正義感生活，這樣才會讓自己能用更多元角度思考問題。

世上沒有絕對的事物，現在是對的不代表以後是對的，如今錯誤也不表示未來也是錯，時間空間可以推翻最初的觀點，但這些是人爲因素改變的，而實際上眞正是非就是分明的，除了遊走在灰色地帶或者顛倒是非，否則就像太極一樣，陰陽黑白是繞著轉的，所以才會生兩極，也就是正邪、是非、眞假都是輪轉的。

勝敗並非表面所觀察

帶兵作戰的狀況隨時都會改變，不可只以一條件來論定行事，其實不論是做人處事或是面對問題時，都不可只參考一條選項，因爲計劃永遠趕不上變化，人生不變的規則就是每刻都會變，因此重要的是當事物變化到超出預期，能不能及時解決並停在止損點前，我曾看過一篇文章，說人要解決重要問題時，最好要想出三種可能發生的事，相當於最少要想好三種備案甚至更多，絕不可想一而做一貿然行動，否則就會像隻無頭蒼蠅，漫無目地飛來飛去找養份，而蜜蜂則知道牠的花蜜在哪，所以只尋找有蜜源食物的花，不會浪費時間在每朶花都採一下。

「出門看天色，進門看臉色。」有次康熙帝帶著一群後宮妃子去釣魚，就在康熙以爲釣起魚時，卻見魚鉤上頭鉤著一隻老鱉，大夥兒開心的祝賀，忽然間「撲通」一聲，鱉脫鉤掉進水中逃走了，這時皇后說道：「那隻鱉一定很老了所以咬不動鉤子。」

語音剛落只見一名妃子在旁大笑起來，康熙覺得那位妃子笑他老了沒牙齒，於是回去後就把那位妃子打入冷宮，那爲何皇后說鱉沒牙齒皇帝卻不生氣？可能覺得是安慰所以認爲說者無心，但同樣時間、同樣地點，卻認爲妃子笑者有意，但若當時妃子能察覺龍顏已大怒，便想辦法排解皇帝情緒，或許就不會落得如此下場？所以人最重要不是不惹麻煩，而是當麻煩找上你時能否察覺？並在第一時間阻止即將發生的事情，「莫非定律」表示會出錯的事就一定會出錯，眞正要表達的意義是人生不會萬事順遂，偏偏想要跟得到完全是往不同方向走去，千萬別認為生活會照腦中設想的藍圖而順著做，千萬要記得時間順著走沒錯，但人生卻是倒著流，好機會也不是年年有，遇到機會要趕緊把握，而且要主動佔據主導權的位置。

「知人者智，自知者明。」能夠經言行舉止了解別人，是有智慧的人，而能自我反省且衡量自己，才是高明的人，在老子認為明與智的意義不同，智慧出，有大僞，知人者善於察言觀色，所以聰明狡詐工於心計，因此喪失眞實本性而虛假，明則能內省自我能力，不求取外界幫助反求諸己，能有修養的限制自我，不貪圖超過能力範圍的利益，就減少與人明爭暗鬥之衝突，在社會上可以有清明的美德，安份守己從而避免惹災招禍。

《伊索寓言》裡有一則〈鷹與烏鴉〉的故事：一隻老鷹從很高的岩石直奔飛下，然後抓走了一隻剛出生的小馬，一旁的烏鴉見到後立馬學起老鷹，直撲到一隻山羊背上，拚了命地想把山羊抓走，但是烏鴉的爪子卻被羊毛纏住拔也拔不出來，牠不停拍打著翅膀，想要趕快逃離這個危險的環境，飛了半天還是飛不起來，遠處有一位獵人看見這一幕，隨卽跑過去將烏鴉抓了起來，並剪去翅膀上的羽毛，傍晚獵人帶著這隻烏鴉回到家，然後交給了他的孩子看，孩子問獵人說：「這是什麼鳥？」獵人回答說：「這是隻以爲自己是老鷹的笨烏鴉，想要把山羊抓走結果卻被我抓了。」

這故事是表達，模仿別人而自己卻力所不能及的事情，不僅得不到相同的結果，還會讓自己帶來不幸災難，並受到別人的嘲笑，「無知之知」這句話意思是知道自己無知卽是有知，然後這份無知會產生積極的動力，能進而拓展自我能力領域，爲自己尋找有利的知識和技能，才能因此擁有更豐富的人生，若做事前不先衡量自身能力價值，未充實自己就選擇橫衝直撞，卽使撞了南牆也沒辦法回頭，不想死無葬身之地就請跪著走完自己所做的選擇。

要想跨越能力所不能及的事情，必須一步一步慢慢走，哪有一步登天的道理？世界上能一步到天堂的只有死人，除非上天讓你中樂透一夕致富，不然憑本事就該清楚，自己可以到達哪個階段？並且在不足的地方加以磨練，若要把烏鴉當老鷹，最後鐵定死無葬身之地。

像上天一樣不停運轉

上天的運行晝夜不息且不會停止，君子應學習上天剛健不已而自強，古人眞的是才高八斗，在那個沒有電可供大衆娛樂的時代，他們可專注於個人目標，完成各種上知天文、下知地理，花費幾十年甚至子接父職，留給炎黃子孫的曠世鉅作，這些華夏老祖宗賦予之智慧，眞心令我因生爲華人而驕傲，易經裡強調上天會照著天時而運行，君子漸長時小人會漸消，這裡不是只表達著君子小人之分，更提醒世人風水是會輪著轉，但前提是我們必須先自律，才能在光明照耀著東方時，讓世界知道華人不是東亞病夫，西方國家因工業革命而強大，而今工業時代已經進入尾聲，即將迎接未來科技戰，也是華夏智慧與西方文明保衛戰，在這並不期望任何人接受我的思想，但希望大家可以試著了解老祖宗留下，那種日復一日爲了完成目標的精神，當那些超出預期認知範圍內的知識，影響著思維邏輯同時產生出新觀念，足夠我們用不同的角度去欣賞世界，並可以隨時透過古人來反省自己。

著名的德國音樂家貝多芬因爲聽力逐漸喪失，並在一八〇二年遵從醫生的囑咐離開維也納，到海利根施塔特小城休養。到一八一八年時，貝多芬已經很難聽到別人所說的

話語了，更不用說能創作音樂，但在他失去聽力後仍堅持在腦海裡幻想著演奏，最終在失去耳力的情況下還創作出多部經典，最主要且大眾所知的就有九部交響曲，其中以第五交響曲（也就是命運交響曲）最為令人耳熟能詳，用意志譜寫了生命最後的輝煌，用不屈服於命運的方式讓世人看見了堅強，說穿了就是必須擁有遇到過不去的坎，卻硬要闖過去的不懈精神，不是叫你撞倒南牆，而是要知道此路不通繞道而行，不然撞到腦袋開花也不會有人稱讚，然而堅持的自律是突破自我唯一方式，如果努力很久卻沒效果，那就代表你的方向錯了，別再繼續往同方向堅持走下去。

「以銅為鏡，可以正衣冠；以古為鏡，可以知興替；以人為鏡，可以明得失。」這句話說明用銅製成的鏡子能照見衣著是否端正？用歷史當成鏡子能知道國家是否興旺？用人品作為鏡子能懂得行為是否正確？

唐朝貞觀十七年良臣魏徵去世，太宗李世民流淚說道他少了一面鏡子，魏徵為人臣期間以直言進諫與君相處，雖然常爭論至互不退讓不氣死不罷休，也曾發怒到退朝後太宗與長孫皇后說：「非宰了魏徵。」，但最後每次都能平靜下來聽取及納諫，因此成就了中國史上偉大的貞觀之治，通常人居高位時都會認為自己想法正確，對下屬所提出意見往往出自於主觀意識，這都不是成就帝業的君王所為，為人處事其實也都是一樣，我們要以成功人士的做法當成鏡子，不時照照自己也照照他人，看自己是為了反省和改進，看別人是觀察人性及判斷，有些人的行爲舉止，會讓你知道他除非靠運氣，否則成長高度就只能到哪裡？一個人逆商越高越能承受更大的壓力，宰相肚裡能撐船，船裡載著所有不如意，和面對不喜歡之人事物的反應。

有個夜晚，一對年邁的夫妻走進一家旅館，可是旅館已經客滿，前台服務生不忍心這對老人再去找旅館，就將他們帶到一房間說：「這房間或許不是很完美，但至少你們不用再尋找了。」老夫妻看到整潔乾淨的房間就住了下來，第二天當他們要結賬時，服務生對他們說：「不用了，你們住的是我房間，祝你們愉快！」原來他自己在前台過了一個深夜，老人感動的說：「孩子，你是我見過最好的飯店服務員，一定會得到報答的。」服務生笑了笑送老人出門，有天服務生接到一封信裡面有張去紐約的單程機票，他按信中所告知來到一座大樓，原來那晚他接待的是一名億萬富翁富翁，富翁爲此買下一座大酒店讓他去經營管理，更沒想到的是這位服務生竟然把酒店經營的風光四射，而這就是希爾頓飯店和首任經理的故事，我們並不知道什麼時候機運會出現在身邊？但必須隨時準備好那天的到來，並且在成功時不忘照耀著身旁的人。

武器藏好才能一擊必中

藏器於身是必免別人看穿或模仿，這樣就會造成自身相對應的損害，而在該出手時才出手就是要給予對手措手不及，其實這樣做可以減少生活上很多麻煩，我們常在說工作上越會做的人越作死，這不是要叫大家偷懶，而是在不該表現時惦惦就好，強出頭不僅得不到應有的報酬，反而成為人人眼中的出頭鳥，所以越有本事的人越應該低調不顯眼，即使寒窗苦讀十年無人問也別太計較得失，上天只需你好好努力，並會在適當時賦予任務，這是我一直以來安慰自己的話，但別相信什麼是金子總會發光的屁話，金子需要從一堆石頭裡經過複雜程序過濾出來，然後再經分離後，高溫燃燒才形成金液，而且一噸礦石只能生產出四克黃金，其他到最後都是做水泥的廢石或價值不等的礦石，就算天生註定為稀有的黃金，你覺得沒經過高溫融化，在經過千錘百鍊可以成為發光的美麗金飾嗎？可以的話我想你應該是螢火蟲吧！

為什麼要等待時機？所有想要成功的人都覺得自己能夠成功，但就像戰爭一樣，前線幾乎都是犧牲品，大家都認為飛機是萊特兄弟發明，其實並不是，在他們之前就有幾個發明者，但都因動力不佳而收場，勝利要有天時地利人和，才能在最後成功創造出翱翔於天際的飛機，所以成就最後歸於萊特兄弟，因此時機是非常重要的，就像在感情上常聽人們說的：「在對的時間遇到對的人才是眞正的愛情。」這句話眞的把時機最佳涵義詮釋相當完美，卽便你的能力多強，在錯的地方也發揮不了，就像感情三觀不合的任一配對模式，任憑再怎麼相愛的兩個人，根本怎樣磨合也不可能是那種走到最後的完美組合啊！

聰明的人一定會懂得那些重大而長遠的事情，愚笨的人卻只注意些微的眼前利益，指一個人的眼界大小來區分聰愚，其實人大部份都會是目光短淺思維，因爲現實就是先解決眼前的問題，所以很多時候我們不得不忽略長久的打算，更可能因爲計劃趕不上變化使認知減小了視野，不願意也不把希望賭在看不見的未來，每個人都是只期望在安全區域裡行走，對於警戒線外的環境根本不會想去一探究竟，我們知道跨出安全區域就可能使自己面對危險，但其實成大事者個個都是職業賭徒和探險家，差別在於他們是否善於計算勝率後才下手？

《帕金森定律》源於英國歷史學家諾斯古德．帕金森一九五八年出版的創作，是官僚主義現象的一種別稱，被稱爲二十世紀西方文化三大發現之一，常被用於分析在現代管理學上，此定律論述了企業人員膨脹引起成本增加的原因，一個不稱職的主管一般會有三種選擇：第一是自己辭職讓位給能爲公司帶來成長之人，第二是聘一位比自己優秀的人來協助工作，第三是任用一位能力比自己低下的當助手。

但第一條路因爲會使自己失去所有當然不會選擇，而第二條路會讓下屬成爲自己的威脅所以也不太可能，看來或許只有第三條路最適合執行了吧！於是兩個平庸的助手分擔了主管工作，他只要發號施令就好，下屬不會對自己造成傷害又不用擔心失去工作，助手就仿效爲自己找兩個更加無能的手下，如此循環就形成了一個效率低下的領導體系。也就是現代事業體系中常見的人海戰術，領導者因爲自己的權慾看不見隱藏在背後的損失，其實最好的選擇是第二個，可以共同成長彼此牽制也能有個好助手，若不幸被取代也只能證明自己沒有本事，但換言之也會因此從失敗中學習到很多，

有句話說「如果你想要贏那請先學會輸」，因爲學著跟痛苦相處是邁向成功最快的方式，不過也相對是對自己最殘忍的捷徑，唯有腳踢到鐵板感到痛時才會深刻反省和提升自己，如果你沒受過教訓，必然不會懂得小心謹慎，並且既然知道了人性的慘忍，那就把眼光放遠一點，必須先不怕痛才能習慣不痛，有部劇的一句台詞是這樣說的：「荊棘和平坦，我選荊棘」，所以每當覺得累時我就會用這段話來提醒自己「是的！我也選充滿荊棘的路。」

接受忠言才是強者

有一篇網路文章是這樣表達的，寺廟裡的某個弟子問師父：「您有時候打人罵人，有時又對人又彬彬有禮，這裡面有什麼玄機嗎？」師父說：「對待上等人直指人心，可打可罵，以眞面目待他；對待中等人最多隱喩他，要講分寸，他受不了打罵；對待下等人要面帶微笑，雙手合十，他很脆弱、心眼小，只配用世俗的禮節對他。」其實這裡就是說明一個人的格局，有些人遇到有損自己尊嚴的事，他會選擇放下心中仇恨，不需要虛假做作去面對任何人，並不是對待上等人做錯就叫你去打他，那麼對待一般人要注意說話分寸是因爲他會把恥辱默默記在心裡，有機會就用同樣方式反擊，至於心眼小的那就不用說了，遇到不高興就馬上做出反擊，所以要以禮相待，這篇文章或許大家會覺得很奇怪，不是相處都要誠懇對待嗎？但請大家回想一下身邊較有成就的朋友，會發現他們都有個共同點，修養和情商比一般人都高，在別人可能造成情緒變化時，他們絕不會被無關痛癢的事左右，卽使你惹他生氣了也會一笑置之，用心感受身旁的人事物，一定會有少數幾個讓你想要學習的對象。

「同欲者憎、同憂者親。」當你們想要的利益或收穫相同的時候，一定會希望對方做得比自己爛，所以會想辦法把敵人擊敗，這時候就會出現很多踩你的人，但其實眞正的聰明人會將對手變成互相幫助的隊友，各自向上而達成共識去創造共贏環境，避免互相傷害到最後大家都沒好處，可是人性又是不願共享的個體思維，自私是常態，無私反而是不正常行爲，眞的要互助除非是在不同收穫條件下，不然別背後被捅刀就已經是萬幸了，怎麼還會指望別人眞心捧你？

但確實在不同環境會有不同待人處事的方式，就像以前，怎麼可能有人要我多讀書？叫我趕快去學技能並增加自己的知識，這也都是我換了環境，在之前學校同學裡才遇到的事，假如我這輩子都是以前的生活方式，現在估計也不會寫完這本書了。

「僕雖一介書生，今蒙主上托以重任者，以吾有尺寸可取，能忍辱負重故也。」三國時期吳國都督陸遜曾向部將們說：「我以一介書生擔負如此重任，是承蒙君王對我信任而承擔這樣的重任，因爲我能忍辱負重才有這樣的機會，大家也都有各自的角色和任務，現今正處於重要關鍵，所以此刻絕對不容鬆懈。」這是關羽失荊州後劉備進攻江東時陸遜向部下說的話，過程無論孔明是先知未防或錯算局勢？說到底也就是劉備引發了失誤，當時關羽威震華夏佔地廣及兵士多，可是我方人數較多時就會忽略自我責任認知，只有當責任回歸到自己身上時，才能有更正確判斷，這也就是現今社會心理學的「旁觀者效應」，意指當只有一個人發現有人身陷危險中時，此人極有可能立馬行救人之舉，但若現場有很多人則可能大家都袖手旁觀，也沒有人前去幫忙，因爲一事件發生時若是多人在場，責任會分散到在場每個人身上，除非有人先自告奮勇才會有人接著扛起責任，否則便不會有人願意當局中人，此外當求救訊號沒被明顯表達出時，個人正義感會受到抑制，而當求助者訊息越明確，助人行爲才會因此增加，在現實生活很常看到這樣的職場案例，也有很多人被當成代罪羔羊。

當一件任務失去原本可能成功的機會時，很多人會從心理上爲自己找各種失敗的藉口，就像那些不去救人的旁觀者一樣，把失敗責任自我減去變成了他人所爲，而大部分失敗的人都會把原因都歸咎於別人，或者譬如說當有份打掃的工作需要做時，就會發現現場員工每個人都變得手頭上有事要做，誰也不願意去做那份較累人的打掃活，於是所有關係人全都變成了旁觀者，大家都在想爲什麼我做比較多他做比較少？甚至有些會靠著人際關係仗勢凌人，這種情況也造就社會上出現不少馬屁精，反正能攀多大的關係就能少多大的辛勞，這不禁讓我想起有句話說：「能擁有多大的成就就能扛多大的責任。」沒經他人苦、莫勸他人善，局外人的角色誰都可以輕鬆扮演，但針扎在你身上時誰又能夠笑顏以對。

第二章

機會是觀察和創造出來

選擇是成功的密碼

看到別人的優點及善良，就要趕快過去學習，看見別人的缺點或做壞事，就要像手伸進滾水中快遠離，最怕的是你連周遭好壞都沒有去注意，那更不用說會去學習及分辨了，這代表什麼事情發生對你來說都不是很重要，反正就是過一天算一天，遇到不順心就在網路上抱怨，然後千錯萬錯都是別人的錯，自己永遠都是對的。

很多時候我們見到別人的好，並不知道是有機會向對方學習的，反而起忌妒心覺得對方不如自己，下面我想說的可能會照成很多反彈，把政治面先擺一邊，就像現在的中國和台灣，中國確實很多優點跟缺點值得探討，但現階段的年輕人因爲不檢討自己，都看不慣別人比我們強大，就像最不想看你成功，往往是出現在越親近的朋友裡，所以常忽視從進步中學習，過錯中反省的自我勉勵，趙武靈王胡服騎射，就是將胡人服裝善於騎馬射箭的優點改良在軍隊上成功例子。

美國黑人人權領袖馬丁・路德・金一九六七年在南方基督教領袖會議的演講：「我必須承認，我的朋友們，前面的道路不會總是平坦的，仍然會有挫折和困惑的地方，難免會有一些挫折，總有那麼一刻，希望的浮力會轉化爲絕望的疲憊，我們的夢想有時會破滅，我們空靈的希望有時會破滅，我們可能再次淚流滿面地站在一些勇敢的民權工作者的靈柩前，他們的生命將被嗜血暴徒的卑鄙行徑所扼殺，儘管困難和痛苦，我們必須在未來的日子裡懷著對未來的大膽信念繼續前進。」而他在隔年的四月四日遇刺身亡，但卓越的演講技巧和當時無比的勇氣卻烙印在人們心中。

心理學上稱爲「期望理論」，就像在希望中產生目標和價值，通過不停自我鼓勵來形成精神上的滿足，當我們看到了有所追求的人事物時，每個人都會有不同想法，有些人會產生怨恨，卻不想努力成爲眼中羨慕的他人那種樣子，或許大環境的人性不可能改變，但若每個人都肯學習別人的優點，那社會就會少些不滿，也會更加知足不是嗎？

「吾日三省吾身：爲人謀而不忠乎？與朋友交而不信乎？傳不習乎？」意思是（我每天都用三件事來反省自己，工作上有沒有不盡心盡力？與人相處有沒有不守信用？學習的知識有沒有不用心？）這就是儒家思想中的核心之一「嚴以律己」，立志每日都要進步哪怕只是一點點，古希臘哲學家蘇格拉底也說：「我最大的智慧就是知道自己無知。」

寬以待人是一件非常困難的事情，因爲大家都習慣了拿著望遠鏡觀察別人，即使對方在離你很遠的地方，也能輕易指責對方犯下過錯，卻不會反省自己行爲是對是錯？訴說別人是非常簡單且富有強烈優越感的事，而承認自己錯誤則相當困難，大多數人都會覺得自己是對的那一方，即使有一點點心虛也會找個台階讓自己下。

以前我很不好意思拒絕別人，也因爲是個怕孤獨、怕寂寞的人，因此常讓朋友在家裡喝酒聊天，事後才開始到處抱怨，卻沒想到這樣會傷害到怕我無聊的朋友，這就是我當初沒有嚴以律己，總覺得爲什麼他們不替我想想家裡有孩子？但朋友一定是有其他爲我著想的地方，只是當時我不會且沒辦法做到換位去思考，而成爲那個怨天怪地卻不往好地方學習的無賴，所以有的時候別人也許心裡有想法沒說出口，可是眞正希望朋友好的話就要自己細心察覺並將其勸說。

但身邊朋友現在大都有了自己的家庭，也相信沒有人會願意讓家裡烏煙瘴氣，因爲家是人最安全的避風港，除非有些複雜家庭這就另當別論，其實這也就只是角色不同看東西角度不同而已，所以有些事情沒有絕對是與非，唯一能盡量做對事只有一個辦法，就是不時問問自己這種行爲是正確的嗎？如果自己和對方的角色對換我是什麼感想？這種逆思維是反人性操作模式，卻是一個人想要成功的基本必備技能，多角度思考能讓各位更了解對方的想法，並且在生活中增加別人的信任。

其實生活中很多角色要等到你是同樣位置時才能深刻感受，否則看別人怎樣都覺得自己的做法一定會比較好，而且常會抱怨上司、長輩及同事們，可是卻沒辦法去體會他們的無奈，不同角色都會有不同邏輯和想法，更不用說不一樣的人有不一樣思維了，懂得選擇的人一定是可以用同理心去面對問題，因爲只有這樣做我們才能站在他人的立場去解決所有和自己有關的問題，並在各自安好情況下改善人與人之間互動，不輕易傷害到彼此又可以安心相處。

學以致用才有用

「學而不思則罔，思而不學則殆。」如果一個人只學習而不去思考內容，則會因爲不明所以而感到迷惘，但若只思考而不找尋正確資訊，則會漸漸因沒成長而失去動力，很多高學歷分子出社會以後對於工作上沒有任何成就，我想是因爲他們只懂得讀書卻沒辦法活用，也就是所謂活在象牙塔，要知道學術跟實戰是有很大的不同。

歷史上誇誇其談而導致失敗最有名莫過於戰國時趙將趙括的「紙上談兵」，趙括年幼時熟讀兵書卻沒有任何實戰經驗，但他卻總是能對戰爭提出自己的見解，趙孝成王六年時秦國攻打趙國，趙國中了秦國的反間計，說秦將白起最怕的是趙括，於是將趙括代替老將廉頗爲將領改守爲攻，趙括主動引兵出城反擊卻被秦軍包圍，最後在突圍時被秦軍射殺，四十萬趙兵最後剩二十萬而被迫投降，秦將白起以糧食不足爲由將趙國二十萬兵全部活埋。

當一個人空有知識卻沒辦法實際在人生戰場靈活運用時，問題出現就會對自己產生懷疑或堅持己見，因而發生決策錯誤甚至出現逃避心態，根本沒準備也沒顧慮到後果，孫子兵法裡說「有備而無患」，就是凡事要準備好才能不必擔心，而有些人想到什麼做什麼則是橫衝直撞，結果投資報酬不成比例久而久之心生倦怠，會失去行動力堅持自己所期望達到的目標，學習的（習）字表示小鳥反覆飛行，用白話文解釋爲熟能生巧，所以學了知識及技能就要一直練習直到變成習慣，然而當對事物有所疑問時就要馬上去尋找解答，不知道答案不要怕丟臉而不好意思求救，反而裝成自己有辦法解決的樣子，最終結果會導致聰明反被聰明誤，因此有疑慮時就該不恥下問來增加知識，把每一次的任務都當成最後一次才能謹慎，絕不能用自負心態來應對所有事情喔！

軍隊的將帥卽使位置被他人取代了，但是士兵的志氣是絕對不能放棄，不管是作爲學生或是社會新鮮人，總會遇到欣賞或教育你的人離開了身邊，更或者是當有天我們失去至親至愛時，都會有種無所適從的感覺從內而發，使得本來擁有的動力瞬間變成無助而失志，匹夫之勇不可取但匹夫之志不可奪，兩者差別在於行動前有沒有經過大腦思考？沒經過思考而產生的自殺式行爲等同犧牲自己，而今天談的志是指心裡目標和期望提升能力。

心理學有種效應稱爲「習得性無助」：在經典的「巴甫洛夫實驗」裡，找隻狗來做實驗，當鈴聲響起時就給牠食物吃，重複幾次之後聽到鈴聲的狗狗，卽便沒有食物也會高興的跳起來，因爲大腦把「鈴聲」和「食物」連結起來，聽到鈴聲就意味著準備要吃東西了，但後來有位心理研究生做了一個相反的實驗：響鈴後狗狗不是獲得食物而是被雷擊，然而鈴聲卻不是與食物在一起，狗被電到勢必會想跑走吧！

但在實驗中有群狗可以逃開，另外一群狗則不會逃，經過幾次重複測試後那些逃不掉的狗，一聽到鈴聲響起卽便沒被電擊還是會哀嚎。

第二階段塞利格曼把所有狗都放到可逃脫的環境，再響起鈴聲時，本來會逃走的狗一聽到鈴聲就跑了，但那群不走的狗狗聽到鈴聲時，還是同樣的哀嚎慘叫根本連嘗試逃跑都沒有，由此證明那些認爲自己無法脫逃的狗狗，會因爲擔心再次被電擊而完全喪失了鬥志，其實就像以前抓間諜食嚴刑逼供那種方式。

最重要的關鍵在於被實驗者也代表著我們，是否曾經奮力克服人生挫折？如果我們透過自己的努力解決了困難，就算被放進危險中也不會出現「習得性無助」，這種理論對成長階段的孩子來說越早經歷成效越高，相對於他們在長大出社會後是否能在無人幫助下解決問題？也是未來能否承擔重大任務而出現所謂領導性格的重要關鍵，但現在父母都把孩子保護太好了，浪費太多學習資源使網路發達無法產生更多聰明的未來棟樑，而卻失去絕對逆商去主宰人生未來。

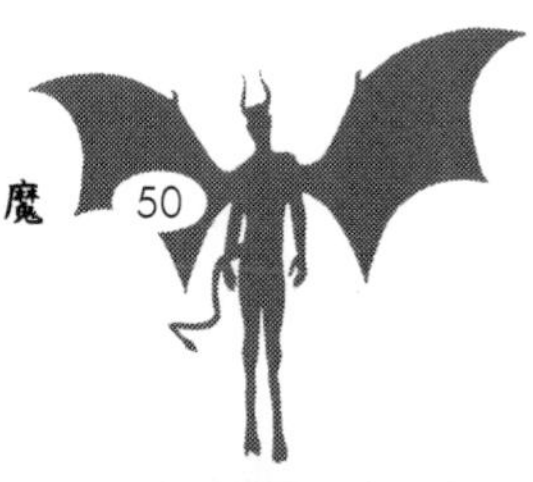

了解才能提前化解

不擔心別人不了解自己，擔心的是自己不能了解別人，一個人可以否定別人的想法或夢想，因為每個人的目標、思維、野心都不一樣，而且大約百分之七十的人在未知領域會有不安全感，相當於每個想創業的人只有百分之三十的人會叫你嘗試，所以當一個人有特別的想法時要記得，大部份人都不認為是可行的，重點是在你覺得不可能沒關係，想反駁也無所謂就算你否定但千萬別諷刺他。

因為這是想創業者必須經歷的一堂課，我認真覺得其實人可以選擇安逸的生活，但每個人思維模式不一樣，千萬不要隨意否定一個人的理想，因為這世界教我遇到事情要以牙還牙，就像別人也是會用相同方式對你一樣，所以當你諷刺他人時說不定哪天就馬上被否定回去了。

尤其在你對一個人不瞭解，不清楚別人經歷過什麼的時候？只要記得別人說得就算否定點個頭就好，也不要刻意去迎合，否則會顯得很不自然，而且每個人都無法忍受對方用做作的態度對待，其實換個角度思考，只要告訴自己世界上什麼事都可能發生就好，但事實真的是如此啊！很多以前想不到的科技都已經發生了，還有其他不可能也只是時間還沒到而已，更何況說不定你現在身邊的哪個人以後是一國之君或是大企業家，而且他那時候做的就是你當初否定過他的夢想，我看到時你該找地洞鑽進去了。

每個人都有厲害的地方請不要認爲乞丐就沒智商，巴菲特當初都拒絕比爾蓋茲的入股了，難不成你眼光能跟他們一較高下？

所以可以自己買燈泡來發亮，但不要拆別人燈泡讓他失去光芒，或許那個人在夜晚發光是因爲月光照耀，在還沒懂一個人時千萬別用社會地位去衡量，雖然這錯誤觀念已經是社會常態了，但套一句人們常說的話，可能「高手在民間」。

明智的人像水一樣是動性，仁慈的人喜歡山一樣是靜性，明智的人好動，仁慈的人好靜；明智的人快樂，仁慈的人長壽，這是因爲各有各的目標與性格，有些人喜歡追求知識或技能，相對活潑且較好動常在自我興趣中得到快樂，而仁慈的人比較不容易衝動生氣，壽命因此變得長壽且健康，並非表示形容喜歡山水所言。

有對兄弟的哥哥凡事往負面思考，而弟弟則是樂觀主義者，有一年的聖誕節，父親送給哥哥一隻可以做任何動作的機器人，而只在弟弟的襪子放了一雙翅膀，隔天早上媽媽問哥哥：「聖誕老人送了什麼禮物給你啊？」哥哥回答：「爸爸送我一隻會自己動的機器人，真的很無聊，我根本沒辦法玩。」媽媽又問弟弟說：「那你收到什麼禮物了？」弟弟說：「他給了我一隻會飛的獨角獸，只不過小馬跑掉了剩下一對翅膀。」兩兄弟漸漸長大後各自擁有不同的職業，哥哥是一位建築工人，弟弟則是一家電腦公司老闆，爲什麼兄弟間會有這麼大的差別？因爲哥哥對於所受到的對待是悲觀思維，所以遇到挫折時產生的動力是向下降，這導致了發生問題時所看到是負面並且消極的。

英國杜倫大學心理學教授西羅伊絲研究顯示，樂觀的人擁有幸福感及好的生活習慣，所以有更健康的身體及更好的免疫功能，研究更顯示樂觀者與長短壽命有關，她追蹤了近十六萬名中高年齡的女性壽命，高達九十歲的樂觀者多出百分之二十六，另外也有研究指出女性比男性多活七年，這除了基因方面也表示女性比男性樂觀，男人從小比較剛硬不輕易示弱，而且堅強的男性比較受人讚賞，女人則比較願意向外求尋求發洩，所以男性通常會把情緒往心裡壓，外在魅力驅使下女性也比較注意飲食習慣，喝酒抽煙等壞習慣也是男性佔多數，所以各位人妻們要好好對待丈夫，請別認爲老了決定丈夫輪椅往什麼地方走是由妳們決定？如果經濟不允許的話最後女性會是獨居老人喔！

在家時體諒一下丈夫出外打拼的辛勞，晚上按按摩、聊聊天還可以培養情趣，並且增加丈夫壽命才是作妻子的使命，如果雙方都爲家而外出工作，回家後也要互相撒撒嬌珍惜自己和對方，別吝嗇得來不易的感情，執子之手與子偕老不是一件簡單的事，更別說在現在這樣的速食愛情時代，假設有幸得到另一半能無怨無悔的和我們相處下去，請在左腦過度思考時暫停一下，用右腦把情緒調到天使狀態，別讓自己晚年變成孤單老人過生活，白髮蒼蒼牽牽手是多幸福的事情啊！我都已經拜月老拜到看見嫦娥了，到最後才發現原來現在管愛情的是財神爺，難怪怎麼拜都找不到情人？別說現在人現實，而是如今已經沒有地可以讓我們種番薯，總要擔心會不會餓死吧！

機會總是從手中溜走

別人一次就能學會我卻還不會，那就學個十次，別人學十次才會我還不會，那麼就學一千次；眞的這樣持續下去就算再笨也會變得聰明，即使再軟弱的人也會使自己成爲強者，其實現代的學習眞的比古代人簡單多了，但科技發展使人們失去打破砂鍋問到底的精神，以前老師們教導學生可能只有一次機會，因爲他們不太可能重複第二次解說，所以在每次聽聞知識時必須記清楚想明白，現在有什麼問題基本在網路上就能解決疑惑，可是求知氛圍不升反倒降低許多，造成社會反應出心理學上的「井蛙效應」。

有個寓言故事是這樣，有一口廢井裡住著隻青蛙，有天青蛙在井邊碰上一隻海底來的大海龜，青蛙對海龜自大的說：「你看我住在這裡多快樂！高興了就在井欄邊玩耍，疲倦了回到磚塊邊就能睡上一回，看那些海裡的魚蝦誰也比不上我，而且我是這個井裡唯一的主人。」海龜聽青蛙的話後想進去看看，但左腳還沒有伸進去右腳就被絆住了，著急後退卽把大海的情形告訴青蛙說：「你看過海的廣大不只千里嗎？海的深度哪只千來丈？古時候十年有九年大水但海水並沒有漲多少？後來八年裡有七年大旱海水也沒有少多少？可見大海是不受旱澇影響的，在那裡才是眞的快樂呢！」井蛙聽了海龜的話後再沒有說話了。

其實知道自己是井蛙還是件好事，我載到從國外回台或來台的乘客都會跟他們聊天，幾乎都說在台灣生活比較輕鬆自在，因爲眞的很民主、治安又好而且便利商店超多起居方便，但提到競爭力時幾乎都講到台灣人有點好笑，因爲提高那一個月幾千塊的薪水自嗨，很多先進國家的薪水台灣是三、四倍起跳，或許有些人會覺得我長他人威風滅自己志氣，但眞的希望大家試著接受現實面，假設你還活在二十年前那種觀念，（我們能驕傲的說自己是台灣人的時代）不是你太看的起自己就是太看別人沒有了。

知不知道很多國人是外籍移民的員工？很多落後國家的人在台灣有所成就？記得有一次我載到兩名越南籍卡拉ok老板娘，聊天中她們說剛來時被台灣人看不起，現在她們的員工都是台灣人且說道：「再過幾年就換我們笑你們了。」因爲覺得可能性很大所以並沒生氣，或許吧！等到眞的有那天國人才會覺醒，他們可以從外勞變老闆，我們也能從台勞變老闆不是嗎？

金銀寶玉並不値得珍貴，忠誠良信才是値得寶貴的，這裡比喻做人做事必須三思而後行，尤其是當有重責大任在身且必須執行時，更必須謹慎處理以防止後患，因爲在心理學上有種叫鄧克效應，會使自己在虛幻的環境中存在著優越感，並且總認爲在此種狀態下的自己會比他人更優秀，便會讓能力欠缺的人不願接受現實，更不可能了解自身不足，從而導致自視甚高或炫耀心態，然而對周遭敵人視若無睹而失去危機意識。

這社會上最可怕的敵人我們稱之爲「靜敵」，也就是安靜的敵人，他們是城府深、心機重的代表，卻特別不喜歡表現出情緒和話語，只會默默在腦袋中思考權衡利弊，智商比一般人還高所以非常懂得依勢而行，因此沒防備心的人不輕易察覺，他們對競爭對手的方式，可打贏才打、打不贏我就退，屬於典型毛澤東思想，也有著像司馬懿般隱忍的特性，這些都是披著羊皮的狼，也可以說是陰險的小人，而且仁慈和義氣甚至尊師重道都只是他手上籌碼之一。

但此種類型也有正邪之分，若得此種人的幫助可平步青雲，但是不可將權利全部交付於此人，因爲他能助你步步高升就可使你如過街老鼠，所以古今往來佔大位者都誅功臣，正所謂助你成功者不可不防，只要是人性都會藉以杜絕後患，大家都知道高處不勝寒，權力跟金錢上的成功得來不易，誰也不願費盡心力後又在身邊留有威脅，俗話說「窈窕淑女君子好逑」，世界上所有可誘惑人的事物都不只有你會想要努力爭取，甚至有些人會不惜一切代價也要獲得，正因爲存在太多令人心動的權和利在我們的環境，試問能登峰造極又有誰能不惑？

機會是熬出來的

選擇困難問題先來解決，那麼簡單的事就能輕易完成；能加以改正自身缺點後，對於本身擅長處理的事物將容易達成，我們遇到一些棘手問題當下，經常會出現無力及自我否定，但每當事過境遷回首過往時，總覺得以前困擾著思緒和生活的難關，好像都不是什麼大事？迎難而上肯定是成長第一要素，改正缺點其實是避免曝露短板讓他人知道，正所謂揚長避短就是顯現自我優點，盡量把會遭受他人攻擊的弱點藏起來，因此各位應該且務必了解自己，將優點加以進化成稀有特質，天生我材必有用，我材爲誰用？爲何而用？

不思考的人生卽便智商一百八，卻做著智商六十的行爲然後怨天尤人，漸漸將會失去社會立足能力，然而有些人因爲知道自己不太聰明，可是懂得勤能補拙並且等待機運，最終取代了那些不可一世將才之位，說司馬懿聰明嗎？其實我覺得他知道自己並不是那麼有謀略，所以隱忍，我覺得可能他根本沒反叛之心，但最後又因爲不得不反叛，但如果本身就這麼聰明，以人性來說怎麼會沒人去注意？通常沒威脅的才不會有人暗中觀察，而且他是七十歲才叛變耶！另一個可能是他相反的把長處藏起來，短處顯露出來才能這樣偷天換日，總而言之就是低智商做著高智商的行爲。

然而這樣的逆思考正是我們該去研究，自己優缺點肯定親近的人一定知道，那麼怎麼藏才是困難的，不僅把心思藏的不露痕跡，還要用相反的舉動讓人相信，挖靠？這影帝位置是無庸置疑，可以把人生當戲演，我想司馬懿肯定是古代一線男主角，精湛的演出竟可以熬死三位皇帝，除了牛逼我想不到其他形容詞了，正所謂能裝的人事半功倍。

德行好的會讓人尊敬，有才能的會令人喜愛；對於喜歡的人容易親近他，但對尊敬的人卻容易疏遠，所以觀察人時常會專注於才能而忽略品德，至於德行好的爲何會使人疏遠？因爲人大部份都喜歡和輕鬆愉快的人相處，而那些有修養的人不亂說話、不開玩笑，相處起來會莫名有種距離感，最重要是他們不愛聊別人八卦，也就是說賢士注重禮節卻不愛做表面。

記得有次我開車時後照鏡擦撞到了旁邊車子後照鏡，因爲他是停在路邊所以我往前停好車後下去詢問，本來想說開凌志的少說也要賠個幾千塊，結果那個人微微笑跟我說：「沒關係，這痕不明顯，而且也看不出來，沒事」會說這段故事不是因爲我沒賠錢對方就是好人，而是當時從他身上散發出來的那種感覺吸引到我，就是那種稻穗越高頭越低的氣度，在我看來就是個有高度又有修養之人。

森林裡有隻兔子整天跳來跳去，一次不小心掉到蛇窩裡去了，眼看大蛇準備把兔子吃掉時，兔子向大蛇說：「求你放了我吧！我可以回答你任何問題。」大蛇說：「我可以放了你，但你必須告訴我爲什麼你們總是快樂的活蹦亂跳？」兔子請大蛇讓牠先出洞口然後說：「你們的內心是兇惡的，我們快樂是因爲我們善良從來不對人做壞事，而且我們不會因爲受欺負而怨恨所以開心。」其實人的喜怒哀樂也是可以藉由心性產生，當內心裡充滿著寬容和滿足時，就不會因爲小事大發雷霆，才能像那位被我撞到的先生那樣，大事化小、小事化無，也會因此爲自己減少生活中些許煩惱，並在適當的時候調整情緒來面對當下的不如意，從那事件後就告訴自己以後也要散發出那種男性魅力，這樣說不定我就可以擺脫單身了。

常在夜裡感到特別孤獨，有時很想有個人陪，卻知道自己根本沒資格談戀愛，生活的壓力逼得我不敢休息，因爲孩子必須把多餘的時間和心力都先爲他打算，所以每次有想找個女朋友的念頭時就馬上放棄了，好像老天爺不允許我有一段刻骨銘心的愛情，這樣我老了以後誰要幫我推輪椅？說這麼多就是沒錢才找不到馬子，社會現實不就是如此！不然還想有人陪我吃苦直到老，我又不是帥哥哪來抽號碼牌的癡女？沒有經濟基礎的感情誰受的了啊！還可以有時間跟五姊妹聊聊天就該滿足了。

成大事不必公諸於世

聰明通達的人千萬不要凡事精明查證，見識少的人要避免自負而無知固執，對於事物過於明查就會導致得理不饒人，尤其有些人喜歡仗著認為自己沒有錯就咄咄逼人，使對方承受痛苦來感到自己強人一等，其實聰明和無知往往只是一線之隔，世間並無全人可萬事俱備，兵可吃將是食物鏈中不可能的可能，很多自己認知範圍內的感受也認為他人與之相同。

心理學上的「虛假共識效應」，這裡講到會發生的兩種狀況，比如說我們對某件困難的事情感到無力，就會認為別人同樣也做不到，在評估一件並不確定的事情時，會以自我為標準進行定論作為決策結果，這種結果就是強化自己所以為或者所期望，認為其他人都跟自己想法是一樣的。

曾經看過一名研究生做過的研究論文，找出一百個人分別猜出甲書和乙書的喜愛人數，喜歡甲書的有八成認為高於百分之七十的人也選擇甲書，而喜歡乙書的人，也會有八成覺得百分之七十以上的人選擇乙書，簡單解釋在自我認知裡會產生環境假共識，更能說明了善良的人覺得社會大部份都是好人，而相對邪惡的人認為周圍的人都不安好心。

這樣說起來我有沒有可能是惡魔的化身？因爲寡人覺得這世界大多是現實和殘忍的，唯一能確定是，大多數人都把自己所感受到世界未知的事物，在猜測過程中指引腦中的答案去接近自己所盼望的方向及目地，那些都並不是眞實的情況，而是從想要轉變爲需要或是類似強制執行對自我洗腦的行爲。

這點對在政治界的感受尤其嚴重，每位候選人都覺得自己想法和政見有較多支持者，但也有研究顯示這種共識是不成立的，因爲這些共識來自相同信仰或組織團體，也或者是同樣興趣跟理想才會在機率裡發生的，一切都見仁見智嘍！最重要傳達訊息是不要以自身想法作爲認知，凡事要確認再確認才不會判斷錯誤導致失敗，才能把成功機率精準提升而不是憑感覺。

講求道德那樣的人是不會與世俗同流合污，想要建立功業的人更不會和所有人謀劃事情，這是來自商鞅變法的故事，面對反對的聲浪商鞅應對如下：「普通人見識短淺只知道安於傳統觀念，導致百姓們在認知上受困於所知障礙，在有限的目標和見識中難以跨越，這些類人做官守法還算可以，但如果要與之商討創新他們就不可能接受，若要制訂新政策來改變生活型態，鈍悟之人一定會行保守政策而無法有所作爲，賢德之人才能根據時勢變動而更新思維。」

其實等成果出來後再分享喜悅才是明智之舉，但所謂創新的產業或政策都是在未知結論下進行，成功或失敗絕不是憑空想像就能達成的，就像西遊記裡四個角色因爲都有著相同目標，才能有一捆筷子折不斷的力量前往西天去取經，想要使命必達就必須有相同信念的團隊，並且各自信任彼此，然而所有成功領導者都有把筷子綁在一起的能力，也稱爲凝聚力，可並不是有如此能力的領導者都能把船航向對岸上，就像是有些人站在船上搖搖晃晃甩得頭腦暈頭轉向，自己都坐不穩了還在乎對方好不好？結果人家可能在岸上每天開開心心，相信有不少人因爲感情而使自己耽誤青春，沒關係！那些都是人生中必經過程。

有些領導就會利用心理學的「社會認同理論」，把「同駛一條船哪有不濕身」用在團隊上，使某些新進人員道德觀念原本是正常的人，加入了這位領導的集團之後發生改變，就像一群腐敗的警察單位每次貪污都是一群，因爲在這種行爲偏差的隊伍裡面，繼續待著自我意識就會淺移默化融入他們的習慣，如果你希望自己是正常行爲就會被排擠或攻擊，而且他們一定會想辦法把你擠出這個團體，由環境創造的敵我意識是不用刻意去辨別，也就是「物以類聚」這句話適用於任何角色。

學會分辨與選擇人事物是造就死亡過程中，最最重要的非專業技能，有人過世之前非但不得好死還留許多業障給子孫，有些人卻能安享晚年並得以善終，其實這些差別都是在人生過程選擇方向是否正確？一點一滴的生活習慣及私人是與非的作爲累積而成爲最後萌芽果實，至於最後果實掉落在什麼地方？會不會重新發芽成長？我想這些應該是每個人自己所造成因果循環才能決定的吧！

起身動念不拖延

但凡事情的問題能夠成功解決，是因爲我們能夠嚴謹看待事物本身，而會失敗通常是因爲忽視且拖延，並且認爲還有很多時間，卻遲遲不肯去面對處理，結果一分一秒過去了卻什麼也沒能夠完成，這就是多數人的詬病，只肯用力的想不肯努力去做，隨著年紀越來越大會更沒有時間跟體力去追逐夢想，到最後就只能後悔，不過這樣也好，通往成功的道路才不那麼擁擠。

小強小時候有個夢想希望長大能當上律師，其實以他的聰明才智這並不困難，只要他肯努力用功將成績提升，或許還有機會拿獎學金去國外進修，結果認爲自己聰明又討厭悶在家裡背書，在高考時只考上普通大學的第二志願，於是夢想就離他很遙遠了，大學畢業後他成爲了程式設計師，並且有個交往很多年的美麗對象，希望能娶她爲新娘，因爲他善良且淳樸並且樂於助人又勤奮踏實，所以還有其他女孩子也喜歡他，但是他因爲自卑，認爲現階段什麼都沒有，女朋友憑什麼嫁給他？於是當那個女孩問他什麼時候要娶她時？小強突然間退縮也莫名對女孩開始冷淡，結果這段感情最後竟然以悲劇收場，面對感情已無期待的小強告訴自己要功成名就，有朋友看準他的才能找他創業並成立資訊公司，但是他卻不敢冒險，選擇要多存點錢再做打算，於是眼睜睜看著朋友事業漸漸穩定，自己還是安逸當個別人的員工，心中不免感嘆了起來也開始對人生充滿懷疑，直到晚年退休後他想爲自己在世上少點悔恨，決定總該在生命中爲人生留下些什麼？這次他沒有選擇猶豫立刻決定寫書，幾年後他終於在人生的後段實現了夢想，成爲一名暢銷作家並到處演講。

八〇年代美國一位慈善家阿莫斯．勞倫斯曾說：「形成立卽行動的好習慣，才會站在時代潮流的前列，而另一些人的習慣是一直拖延，直到時代超越了他們，結果就被甩到後面去了。」

每個人的想法都一定有個有效期限，如果畏首畏尾的猶豫不決不敢跨出第一步，那麼熱情遲早會被自己的拖延而消滅，成功人士都有個共同點就是他們不怕失敗，認定了一件事就會馬上去試著做做看，最重要的是因爲他們珍惜時間，而且知道人生是不容許自己回頭看望的，所以他們討厭拖延更不喜歡浪費時間，當然這一切背後會有很多的無奈和心酸，而且太多不確定因素導致結果不如預期，都說人生不如意十之八九了，那不就等於每件事情只有十分之二的機率成功，或許這只是個簡單的比喻但事實也是如此，就像生氣時的情緒是一樣的，最開始產生的動力是最強烈且力量最大，如果不在開始就經過考慮後一股腦做下去，那麼後面遇到問題時同樣也會更懦弱，請記得容易退縮的人相對也容易放棄。

最愚蠢的人就是將聰明的人當成是愚笨，這類人分爲耍聰明及自我中心主義兩種，有些人眞的很聰明所以很會算計，因爲外表掩飾太好導致在前期根本沒人發現，但是日久總會見人心，最終還是會被發現而導致聰明反被聰明誤，但今天來談談「自我中心主義人格」。

心理學家認爲每個人都有以自我爲傾向的程度，並沒有任何一個人是絕對成熟人格，有些過度以自我爲中心者就覺得都是別人的錯，而且不會看他反省自己或道歉，凡是以「我」爲中心點像顆雷達偵測四周，用事不關己的態度所以查覺不到他人行爲舉止，在心態裡只有「我覺得」、「我認爲」，無法接受自己在實際生活裡的角色。

和世界建立關係完全是在利害觀念上，談戀愛是爲了滿足個人需要，甚至結了婚也是以利爲條件交換相處，這樣的唯我思維其實在社會上非常多，明明沒有手段容易讓人輕易看穿，卻又不自主需要得到他人好處或誇獎，當發現沒有可利用之人時會隨便找個人來利用，正是因爲這種心態影響了自我成長，就是無法假設或理解除了自己以外的觀點，更無法將自己置於他人處境去接受他人想法，但是這種人往往是貪小便宜心態，要他有什麼太強烈的企圖心是不可能。

但很聰明的則會在所有環境裡想好可控制，或不可控制的交往關係來爲自己作選擇，他們不同於自我主義是因爲一個藏、一個顯，一種先計算再行動而另一種先行動再計算，可是「自我中心」在心理學上也另有說明，是因爲判斷某事的認知錯誤，也就是對於人際交往的互動有某種障礙，無法判斷對方心思於是只好以自我爲中心，所以常會錯判情勢並擅自做主和行動，給人白目或冷淡、霸道或現實的感覺，人性就像很多面鏡子照著自己，而鏡子後面是天使或惡魔？則需要經過判斷，在其行爲認知正確後，才能把天使釋放出來和你一起實現理想中的心願。

寧為雞口無為牛後

經過考察才授予官位就是成就功業的君主，根據品德結交朋友而功成名就才是賢士，其實這樣的行爲並不難達成自我實現，當欣賞一個人或者社會上的成功人士，自然會想學習那個人的某些優點或習慣，尤其在封建社會特別明顯，舉幾個例子來說明該怎麼養成這種風氣？

唐玄宗當時寵愛楊貴妃時社會就流行胖卽是美；蔣宋美齡愛吃圓山的紅豆鬆糕，圓山就成爲那個時代的頂級飯店；很多年輕人喜歡追星就會自然跟著偶像的穿搭，甚至喜歡一些政治人物也學對方的說話風格；其實這就是心理學所說的「模仿效應」。

也就是很多人喜歡大排長龍去一些公衆人物去的地方及吃的東西主要原因，所以金字塔頂端很容易向下影響百姓，不良風氣會造成社會相繼仿效形成破窗效應（之後會跟各位談），但善良及激進則可發展爲國家前進動力，因此我們能從公衆人物中去找尋和學習其優點，就能因此產生淺意識上的認知來自我催眠，所以常會出現覺得電視裡角色跟自己相似的幻覺，也可能是希望自己能成爲這樣的人才如此吧！

有個美國男籃傳奇球星故事是這樣的：「一九九六年有位高中畢業生進入職業籃球

界，因爲喜歡當時籃球之神麥克．喬登，所以平時訓練時就會模仿喬登的各種動作，相似度更達到百分之九十，並爲球隊達成了三連霸的壯舉，而在連霸之後的二〇〇四年輸掉總決賽後，他便被球隊當成核心基石而交易掉另一位球星，過四年後果眞又爲球隊完成了二連霸，這位就是代表曼巴精神的已故湖人傳奇球星科比．布萊恩。」

因爲經過球團考核才留下這位籃球巨星，何嘗不是老闆所需權衡才做出的決定？成功者必嚴查身邊所有會相處或重用的，可用能授予交其之、不能交則離放去之，這是很現實但卻是必須需要執行的態度，沒人會願意拿失敗當賭注。

寧可成爲嬌小而乾淨的雞嘴巴，而不願意做大又臭的牛肛門，「雞口雖小乃進食，牛後雖大乃出糞。」這兩句的涵義是要我們作自己的主人不作他人附庸，是表現出一種獨立自主的意識型態，不輕易跟隨他人思想而左右，而成爲任何行識下之替代品，切記在這裡指的是行爲思想，如果是商業模式的話，有時候就要學會模仿競爭對手，因爲這可能是到達目的地最快的捷徑。

南北朝時南齊國有個文人名叫張融，他生性怪僻且舉止奇特，但卻身材短小、長相尤其特別醜陋，但是他的反應特別機靈可與人輕易對答，南齊太祖蕭道成在還沒有做皇帝的時候，很是欣賞張融的品德和智慧，一次太祖口頭答應授張融任司徒長史，但過很久都沒有正式下詔書，張融有次故意騎著很瘦小的馬上下朝，於是南齊太祖便問道：

「你的馬怎麼那麼瘦小？到底每天給牠吃多少飼料？」張融向太祖回答說：「我決定每天餵牠一石粟，可是並沒有眞的餵給牠啊！」太祖聽後明其意隨卽正式下詔任張融爲司徒長史。

還有一次太祖與張融研究書法時對張融說：「你的書法很端正但還缺少二王的法度。」張融回答說：「陛下應說二王缺少我的法度，而非我缺少二王的法度。」（二王指東晉大書法家王羲之和王獻之父子。）在寫文章方面張融也主張要有自我創造性，爲何要模仿別人像鳥雀寄居在人家的籬笆下面呢？這就是成語「寄人籬下」的由來，

其實並不是說每個人都要自己成爲老闆，或是教導各位別與任何人合作，而是做人做事都必須擁有自己的主見和意識，才有可能在機會面前一支獨秀，但這跟刻意與人唱反調是很不一樣的喔！

雖然兩者都可能會有個共同點就是令人討厭，但一種是眞的用跟評常人不一樣眼界去看世界，所以這種才有機會遇到欣賞你的貴人出現在身邊，另一種則是用跟常人不一樣的心眼看世界，因爲他們就是不論對錯就是刻意要跟多數意見相反，別人選是他就要選非，這樣不僅不會遇到貴人還會隨時製造敵人偷偷攻擊你，可是想在人前顯貴就得在人後受罪，尤其當你比較突出時身邊的人就會想把你拉下去，每個人都是自私好勝不想輸人的，但當你超越那些想害你的人時欣賞你的人就會越來越多了。

有一種使人產生虧欠感的心理戰術，因爲正常狀態下的人性總逃不過愧疚這兩個字，假設今天有免費提供任何服務的活動，當你剛好經過此地點時被陌生人叫住並送上一副畫，請你接受這一點心意且不要放在心上。

幾次之後在附近出現另外一群需要幫助手中又拿著鮮花的人時，我們也會因爲產生所謂虧欠感同樣去付出相當甚至於比當初更大的價值去塡補感受，其實這種手法不只適合用於商業行銷，絕大多數人把它用在人情世故中的眉眉角角，所以到最後常聽大家說免費的東西最貴。

因爲當初接過了別人手中畫所以不好意思推開他人手中花，人啊！想要不跳入別人的陷阱就必須臉皮厚一點，是你自己要給我又不是我跟你要的，活像性感的小猴子露著屁股還沒羞沒躁分你看、分他看這樣多好，誰知道人心險惡會不會發生在自己身上成爲待宰羔羊？

最理想做法就是如果你有能力就別去拿任何天上掉下來的餡餅吃，說句白話就算慈善機構裡的員工也都需要生活，不可否認或許他們眞不求大富大貴只求溫飽，但那還不是羊皮出在羊身上，沒有好與壞和是或非？一個願打一個願挨，若想置身事外路邊的野花就不要採。

第三章

世上沒有後悔藥

自己體會才叫人生

孔子說：「不到他人苦思奇想仍想不明白時，先別急著開導他，不到他想述說卻不知如何表達時，就別輕易引導他，倘若一件問題不能舉一反三，那就不再教導他了。」這裡講述到學習的三個順序，要先去思考問題是觀察這個人對事情主動性，如果他連第一步都不願意嘗試，那就沒必要去對那個人有什麼期望？不到他對事物明白且懂得當中道理，並且如何從內心表現出認知時，別輕易告訴他怎麼樣去溝通？解決了心中的疑惑和困境，但卻還是沒辦法用其他角度去思考時，表示這個人自我辨識能力是不足的，所以一般只能在別人行動後跟隨，因爲沒有獨立及多方思考的能力，卽使擁有深厚資源及其財務自由，還是不夠具備成功的特質。

就像孔子衆多弟子中只有十哲最傑出，但他們各自擅長的領域都不相同，當然每個人都有適合自己的位置和性質，就像當初我去家禮儀公司應徵時，老闆說我字太醜不能錄取，後來踏入殯葬業才知道，誦經師父才需要寫字漂亮，其他多是用電腦打字，這就說明了每個人觀點和資質不盡相同，或許這間公司在意的在另一間公司是簡單的事，其實我們看到很多企業主管在帶人時常不知變通，這就證明上頭的主觀意識太強烈，往往有種自己永遠是對的錯誤觀念，從這裡我們可以理解接受別人建議很重要，當聽到讓我們不舒服的話語更要靜下心，想想對方是否對著惡意去批評？還是只是眞心想給好建議？

有些容易誤解別人的人就是先往負面去思考，然而好的員工就會不願意待在這樣環境裡，最後造成員工流動率高，甚至留下的人都是比自己能力還差，所以聰明老闆會用適合方式教你應變，而愚昧老闆使你在胡同裡不停打轉，幫他做事就氣飽了怎麼可能會有進步的空間？

就算我有了某些比別人還強大的本事，但卻沒有人知道和理解，可是我並不會感到氣憤和委屈，這不也是一種君子表現出來的風度嗎？有時我會覺得這幾年來在別人看不到的時候，因爲想要改變自己的命運而做出那些努力，但爲什麼現在還是一無是處？或者是所做的事情根本沒人理解，其實就是努力還不夠，沒成功誰會想理解你？更別說世界上又不是只有我一個人在努力，而且是我覺得而已不代表眞的有很努力對吧！

成功了粗茶淡飯叫養生，失敗了吃糠咽菜叫寒酸，成功時說說理念叫講道理，失敗時談談觀念叫放狗屁，只有在有人想聽你說話時，你說的話才有意義，不然卽使說出了人生大道理，根本也不會有人去認眞聽。

孔子感嘆的說道：「假我數年，五十以學易，可以無大過矣。」意思是再給自己幾年時間或五十歲開始學易經，便可以沒有大的過錯了。之所以孔子會這樣說是因爲易經的「易」字，代表著「變」也意味著人性易變，大多數人總希望自己可以有他人理解，可是又有誰願意站在別人立場去體會他人感受？只有當你說出口的話有份量時，才會有人試著去了解你，不得不承認這世界眞的是用現實來維持秩序，想要有人在乎首先要有價值啊！卽使你花了半輩子奮鬥但可能最後卻被很多新世代及科技所替代，不一定表示方向錯了，而是因爲你做的是一般人都能做到的，這種不叫努力而叫盡本分。

試問哪一個出外工作的人不盡心盡力？每個人都是爲生活起床睜開眼，再爲了明天的生活閉上眼睡覺，誰有餘力去注意身邊的人發生什麼事？或今天哪位朋友在網路上打什麼文章？應該大部份是注意那些網紅、名人等等……，因此不論一個人受盡多少委屈或扛多大責任，在還沒成功之前都不用想誰在意你的死活，所以用人性本質面對社會也就沒那麼多委屈了，就連科比布萊恩的獨幹精神也會變成曼巴精神，充實並改變是爲了讓那些冷眼有天用正眼回應你，等功成名就時會發現自己的缺點在別人眼中竟成了優點，在此之前別氣餒、別喪氣，加油！總有一天埋頭苦幹的你也會被他人注意。

「時光一逝永不回，往事只能回味。」這是二十世紀七零年代的一首經典老歌，先說我那時還沒出生喔！今天早上看兒子去上課時忽然有種淡淡憂傷，想當年我也是個風度翩翩英姿少年，怎麼轉眼就成了禿頭發福中年大叔？

回想起當年在國二時和初戀發生的舉動，一同蹺課、蹺家然後用了童言童語說：「以後妳顧家，我去工作。」隔天我就受不了跑回家去還順便告訴家人初戀情人在哪？這樣深情款款的體貼舉動也讓她被家人帶回去，結果這段戀情就因此全劇終，眞不愧是千古之來遠近馳名的「抓拔仔」啊！

但值得回憶卻是小時候同學間各自的心儀對象，好像如今都是別人老公老婆了，有時想想年輕時應該多交幾個女朋友，順便搭上渣男列車走馬看花一翻，才不會像現在有了年紀以後，只剩下能回味不然還能搞出什麼玩意兒？

犯錯少怨天尤人

多反省自己而少責備別人，就可以避免遭他人怨恨了，人生無常本來就是生活中的常態，老天有時給了你好運，但緊接著帶來卻是面對所有不可預知困境，就像現在很多人拿自己帳戶當人頭，雖然有輕鬆報酬可暫時解除現實經濟壓力，可是僥倖心理背後我們並不曉得資金來源，很有可能最後背上幫助詐欺的罪名，

因此所有帳戶被凍結而造成生活上不便，還有判決下來要繳納應易科之罰金，若能把上天所帶來的不如意，轉化爲努力的上進心從而提升自我競爭能力，並且將失敗當成教訓徹底反省，也能避免家人因自己一時貪念最後提心吊膽，那就別投機去做些違法之事。

之前低潮的那段日子我不敢去遊玩，而且最可悲的是連帶兒子去便利商店買東西都感到可悲，那時候的我沒有固定工作，只能靠著打臨工維生，他想要的吃喝玩樂，以及任何需要花到錢的事，我都只能回他說：「對不起，爸爸身上錢不夠，只能買最便宜的。」有次回到家後眼淚掉了下來，從那時我就告訴自己總有一天，會讓兒子過的比任何人幸福，我一定會爲了孩子去戰勝心理疾病的，而且以後會帶著他站在你們看不到的

高度。」

這一路雖然辛苦有時又感到特別孤獨，但面對無知的未來我期望能帶著孩子前進，因為相信憑藉不服輸的意志最慘也輸不到哪去吧！並且時常告訴自己要成為孩子的榜樣，所以儘管生活多不如意我還是會勇敢爬起來，不再踏進以往那些金錢來得快也去得快的環境，我想成為孩子這輩子的驕傲，有時看到別人有著幸福的家庭雖然不免會羨慕，甚至對孩子感到愧疚不能給她完整的家，但是我們兩個說好會一直努力下去，或許在這年紀才從零開始拼命去追求生活，真的比別人要辛苦且比別人晚努力很久了，至少現在的我不用擔心良心上的譴責。

也因為這段日子都是自己一個人走過來，所以身邊根本沒有朋友陪伴，這樣的情況下所有成敗都是自己造成，也沒有機會去責怪任何人，而且經過孤獨的日子後發現，一個人時好像能有更多時間去做想做的事，而且也比較認真對待生活，不用去擔心會被人影響或去影響別人，所以就不會有朋友間矛盾問題出現了。

發奮圖強時忘記了吃飯這件事，而快樂的時候也會忘記了憂慮，沒想到慢慢變老了，後悔以前不知道要去把握時間罷了，時光飛逝、歲月如梭，曾經的我們是個矇懂少年，一轉眼孩子已經長大父母也老了，更有幾個人是這輩子再也見不了面，身邊關心我們和自己在乎的人一個個越來越少也越來越不親近了，有時就像當初每天吃喝玩樂的時光才在眼前，怎麼剎那間就到了不惑之年？

　雖然不經意會突然想念過去無憂美好時光，但先甘後苦的日子造成現今不惑而惑的我，在這個年紀本來應該想著怎麼賺錢？可是我不想把這輩子輸掉，所以選擇用人生後半段賭一把將來的籌碼，其實眞要感謝那些冷眼和嘲諷，因爲相信笑到最後的那個人一定是我，而且必須是我。

　過去來不及改變才會造就現今狼狽模樣，假設有人跟我一樣對如今生活感到後悔，請記得沒時間去悔恨以往所做的一切錯誤行爲，因爲時間不會給你倒帶的機會，更沒有人能代替任何一個人受罪，有些相似年紀的開著好車、住著好房更有經濟實力可以做爲後盾，是因爲我們在享受快樂時，他們正在費心費力往前行，現在受的苦別人早就嘗盡了，如今才想拼，這樣有可能最後一無所有變成遊民嗎？

　是的！任何情形都有機會發生，但比起死在某一條街道上，被路人發現然後沒有親朋好友爲我送終，接著就直接火化後樹葬，我更怕沒盡過全力拼命在病床痛苦的死去，男人的榮耀並不是有多少人可以稱兄道弟，也不是逞兇鬥狠讓別人覺得是神經病，本人確實是很多人眼中無膽的「臭卒仔」，有可能別人在乎的在我眼中一文不值，可就是這樣一個沒本事的人擁有未來無限可能，來看看那些笑過我的十年後會在做什麼？順便賭賭看能否有一群人陪我完成使命？或許那時候我也不想笑回來了，因爲你們不配。

凡事退一步不留遺憾

孔子有個叫顏回的學生喜歡學習，不輕易發怒也不重複過錯。這是有人問孔子哪位學生最好？孔子回答後感嘆道：「但顏回卻很早就過世了。」孔子回憶起假設當時能讓他成爲多人的榜樣，或許會有更多像顏回一樣有修養的弟子。

有位做父親的某天在公司被主管沒來由的謾罵，受到了主管責備後的父親回到家跟妻子大吵，受氣的妻子忽然見到孩子在床上打滾又跳躍，於是把孩子叫過去臭罵一頓，孩子也因此一股怨氣無處發洩而出門散步，當時看見身邊有隻小貓正在傻傻望著他，於是在氣頭上的孩子一腳把小貓踢到馬路上，這時正好有一輛汽車經過，但司機爲了閃避被孩子踢出的小貓，不小心把被母親臭罵的小孩給撞傷了。

這是心理學上的「踢貓效應」，因爲情緒過程是會傳染的，而且人的負面心情和情緒發洩，往往是從比自己地位更低者傳遞了過去，也就是由強者間接性一層層傳向最弱小群體，無力發洩就成了最後承受壓力的被霸凌者，很多人遇到不順心時不是冷靜想原因，

更多是發洩怨氣使自己解脫困境，卻不自主讓情緒影響身邊最親近的人，最終傷

害一定是回到自己身上，就像故事裡的孩子結果是被撞傷，那愧疚一定會先回到母親身上，然後再由母親向父親討回公道，

但是家庭可能因此而得到一筆意外之財，不是啦！又不是金光黨要故意碰瓷說，誰會希望因爲自己的情緒導致家人受傷害？好啦！經過這次事件結果論，相信這位父親不會再犯同樣錯誤了，其實不僅僅是家庭關係裡的因果，在職場上的那位主管也會因此讓效率降低，更得不到下屬肯定遺失公司向心力，所以遇到情緒變化時先靜後離再思考，遠離當下可能發飆環境是絕對必要反應，別總是把最壞的留給最親的人。

鳥快死的時候叫聲是悲哀的，人快死的時候他說話都是善意的，安寧病房裡有位八十二歲肝癌末期的爺爺，醫生在病房外告訴家屬：「請先準備一下，爺爺可能這幾天就會離開了。」其實家人們也清楚爺爺的時間不多，但從電話另一頭聽得出來家屬們的無助和失落，然後家屬請我先拿價目表過去給他們參考，到了醫院後家屬跟我說爺爺剛交代的事，還說到平時爺爺都雄赳赳氣昂昂在和晚輩說話，就連請晚輩做事情都一副高高在上的樣子，也不知道是不是身體眞的很不舒服的關係？突然間語氣變好溫柔，好像還有很多事想跟他們說卻不敢開口。

我只能跟家屬說：「沒關係，那就把你們想說的告訴他吧！」我順便告訴他們之後可能會遇到的事情：「爺爺睡眠時間比例會越來越高，或者是清醒狀態也漸漸不清楚人

事物，也會時空錯亂且陷入昏迷，所以在這之前您們都要好好陪著爺爺。」過了幾天的一個下午家屬打電話給我說：「爺爺剛剛血壓降低而且呼吸很大聲，醫生說可能拖不過這禮拜。」我說：「我等等過去跟您們講。」其實也會出現病患後來又活了兩、三年的案例，但我還是想過去醫院協助家屬少點遺憾，因為家屬們有事先做好心理準備，而且對臨終初步認知都清楚，所以當我到醫院時家屬告訴我這幾天都跟爺爺說些什麼？

他們想到就會陪著爺爺說話，對爺爺說謝謝、說我愛您、說再見……等等，有時候人最大的遺憾就是心裡有千言萬語，卻沒辦法對想說的人訴說，就像一個人在低潮時總會想到過世家人，好想和祂們說說話，好希望能親耳聽到祂們再對我們鼓勵，相信有很多人在這時候都會去祭拜死去的親人，然後到往生者墓地或塔位訴苦、抱怨或祈求，就像宗教在活人心中存在的依賴一樣，我們也會希望祖先在天上保佑著我們，撫慰受傷的心靈去尋找一絲絲動力，可能來生彼此從某個街頭相遇而過，卻誰也認不出對方前世是誰的誰？

今生有緣相聚成為一家人，別讓不好意思表達成悔恨藏在心底，為了沒有眷念往下一段新旅程前進，等到另一個世界孟婆就會清除生前所有記憶，那時就怎麼樣也都來不及了，所以在我們愛的人在身邊時請好好說話，總會有人陪你上火車過了幾站就下車，接著會由另一個人繼續陪你走完。

百善孝為先

「孝有三：大孝尊親，其次弗辱，其下能養。」出自《禮記・祭義》翻譯爲（孝有三種等級：上等孝是尊敬父母，次等孝是不污辱父母，最下等的孝是能養活父母而己。）

「逾父母於道」也是爲孝重要的關鍵，並不是父母的話都全部順從而且聽取，需要用智慧去完成孝道才能達成各自反省，且認別是非對錯而非一味爲達孝而爲孝，但有些老人家倚老賣老，孩子們卻認爲孝順就是對父母要求全然接受，甚至做出錯誤行爲卻不分黑白的力挺長輩，其實這反而會影響別人覺得自身沒家教。

想起我當初去勸戒時母親和外婆來會客，看到外婆身影眞覺得自己怎麼讓她們這麼丟臉？除了愧疚也有更多不捨決定要改過，但在家時總對母親發脾氣，因爲人往往會對最親近的發脾氣，而且當父母老了以後有些行爲會變番癲，做子孫的就肆無忌憚對長輩惡言傷人，像我有時就會開玩笑罵我媽「腦袋裝豆腐喔！」，說實在雖然我母親眞的很笨，但他卻把最好的都留給我，這行爲是很不可取的喔！（我死了下地獄肯定會被割舌頭。）

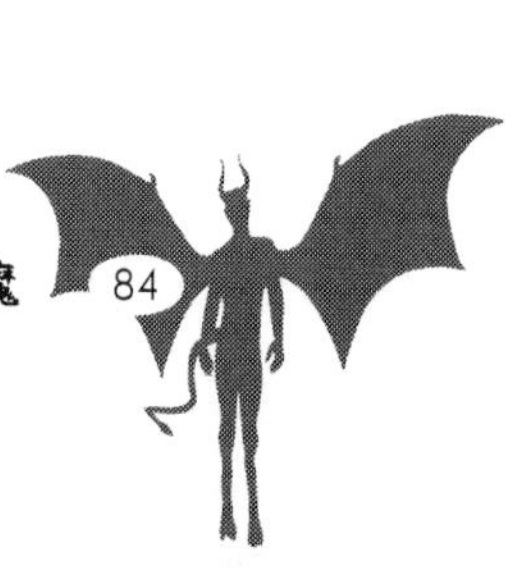

畢竟我們小時候也是很笨什麼都不會，他們用耐心一步一點教導我們走路、學習，甚至陪著我們讀書、唸故事，如果沒有生下孩子他們也可以不用過著苦日子，把省吃儉用的留下來提供給我們教育，自己捨不得買衣物及跟朋友出門，就是爲了把他們想要的留給子女，有時我都會覺得他們日子也剩不了幾個十年，可是氣頭上都會不自覺對他們說怒話，卻沒想到會傷害到長輩的自尊。

在年輕時他們也曾有過夢想，也像我們一樣深信能給子孫美好未來，雖然大多孩子都沒辦法在無憂無慮家庭長大，但歲月不饒人，把父母意志和身體機能消耗殆盡，現在唯一能給他們榮耀只有子孫的尊敬及感謝，謝謝他們用了大半輩子換我們平安健康，如今該換我們用耐心和尊重完成陪伴，不要讓悔意填補剩餘時光的遺憾。

所以現在跟母親吵架我都去聽音樂，凡是音樂的感動是因爲內心所受影響而產生的，人內心受感動，是因爲外在觸及使其發生的，很多生活中好作品都是可以撩動人心的，然而使人情緒發生變化都因爲某種行爲影響，不可能呆坐著就讓情緒發生變化，在《行爲的藝術》中提及的「正面特點效應」提到，存在事物的意義遠遠超過不存在的，人是很難注意到不存在且未發生的事情。

就像沒遇到生病時不會想到保險，所以常會忽視沒有在眼前的事情，有些人更會利用這個落點來增加利益，譬如掏空公款的公司從業人員，就是因爲老闆平常不習慣去計算財務報表，導致那些不存在視線範圍內的些微差距遭到竊取，最近新聞常報到的柬埔寨事件其實也是，那些被騙去的人只注意到目前存在的，也就是所謂出國高薪工作機會，卻沒設想那些背後不存在的危險因子。

「多數人的失敗不是因爲他們的無能，而是他只注意到眼前發生的事物。」有次一個外科醫生考驗學生說道：「要當個傑出的外科醫生需要兩項重要能力，第一：看到噁心的東西不會反胃，第二：對目光所不及的觀察力要強。」說完話後他要學生跟著做動作，

先是伸出一隻手指來用乾淨的布擦乾淨，然後沾入了一盤看起來令人作嘔的黃色液體中，接著張開口舔了舔手指，再把手指擦乾淨後便要全班學生照著做，學生們硬起頭皮跟著醫生的動作做了一遍，完成指令醫生微微一笑說：「恭喜各位你們都通過了第一關測試了，但是第二關測驗你們各位都沒通過，因爲大家都沒注意到我舔的手指頭不是伸入盤中那根手指。」

各位有沒有發現不只是現實的生活中如此，有時候我們在不經意的時候突然想起某個人，某個在你人生中已不存在的人事物，或是親人生大病在醫院住院等待檢查報告時，才後悔當初怎麼沒早注意親人的健康？正面的特點會使我們忽略反面的結果，如果大家都能更認眞細心的對待生活，就能減少些不存在的遺憾。

教育是最好的愛

做父母對待孩子的愛用錯方式，那樣的愛反而是傷害了他們，尤其是忙著工作的家長們總覺得虧欠孩子的陪伴，所以用物質生活滿足來彌補內心愧疚，孩子穿的衣服比大人好，國小學生手機用蘋果，其實我不懂這些行爲是爲了自己的虛榮心？或者是要等到慣壞孩子後再來用金錢彌補更大的洞，假使錢能解決都還算是小事，倘若價值觀偏差造成自己或他人無法挽回的後果，那時可眞後悔莫及了啊！

古代有句話說：「愛子不教，猶飢而食之以毒，適所以害之也」，意思是愛孩子卻不教導他，就猶如餓了餵他會毒害身體的食物，這樣是害了他的呀！只有讓孩子從小養成正確價值觀，使之懂得並培養社會良好道德觀念，長大後能堅守法律，才不至於做些犯法的事，最重要的是教導孩子負責任，只有具備責任感的人會小心謹愼做每一件是，讓他們不是爲了父母是爲了他們自己的將來。

明朝著名的良臣楊士奇就因溺愛其子楊稷，使楊稷恃寵而驕日益無法無天，最終犯下諸多殺人罪行，使得自己聲望受損不得不告老還鄉，雖然楊士奇在世時使其犯法還得以逃脫刑罰，但在楊士奇死後楊稷便被朝廷嚴查而處死，最終還是必須爲惡行付出應有代價。

在心理學中也有提到，從小受到不公平對待的孩子一開始會落後別人，而一次又一次的成績落後會打擊孩子自信心，使孩子認爲自己如何努力都不會變優秀，久而久之他會慢慢地放棄努力學習開始不求上進，尤其在叛逆期的孩子會深信自己不是好孩子，然後同一群放棄自我的孩子們聚在一起，就非常容易做出一些無法無天的壞事，而且特別討厭那些受長輩讚賞的好孩子，最終行爲就會越走越偏差而導致無法彌補的過錯，所以愛之深必須必須責之切，才能避免自己年老了還替孩子收爛尾。

生而爲人都是做作的；但如果一直強求自己去個僞君子，當習慣成自然後就成爲了眞正的君子了，活在世上有很多無奈必須違反自己本意，而遵從著社交圈的規則去打造完美第一印象，就像前面說過好癮是可以幫助你的，而壞的癮會變成了傷害是相同意思，當一個人適度做作時產生結果可形成自律，只要行爲舉止合乎邏輯且保持在道德範圍，那就不會讓人感覺假惺惺是故意做給別人看，爲自己做跟做給人看是會造成不一樣的效果唷！

戰國時期齊國有位說客叫魯仲連，當年他爲趙國解「邯鄲之圍」立下大功，卻堅持不受平原君任何封賞而說：「世間上可貴的品格是能爲人排除患難，卻不需要有所回報，爲索而取是商人的勾當我不願意做。」魏王認爲魯仲連這樣做並不是出於眞心，孔子的六世孫孔斌卻說：「所有高德之士並非是天生的，而是像魯仲連這樣能與自己慾望對抗並長期堅持，或者說長期堅持便會讓人的善行成爲習慣。」

道德心理學是指在道德發生形成和進行的基礎上，認知和心理因素會演變成驅動力，而使觀念產生意志進化成持續進行的規律，

也就是我們現在所說的道德自律，不由自主的培養出高尚道德品質，這並非是天生就具有無私的價值觀，是經由習慣而養成的成就感來完成這種使命，這些判斷並不是來自理性而是直覺，因爲理性會更接近現實面去考量自身利益，思想和行爲接近的人自然會相處在一起，有種相同理念去完成利他無私奉獻，因爲這些舉動實則違反了人性常理。

所以絕大多數的人都認爲自己是個君子，但其實活在世上的人們，個個都只能算是僞君子，只是習慣了自我合理化行爲，才會將外在都認爲本性，眞正的君子是不以自己爲出發點去做事，凡事先以利他爲考量，然而這樣的人又能有多少？自以爲是也算好事吧！當大家都把自己當個好人自然就會少些紛爭了。

重弩不為老鼠發射

千鈞重的弩弓不會爲了射殺一隻小鼠而射出；萬石重的大鐘不會因一根草碰撞而發出聲音，這篇用意是叫人不要因爲小事而影響思緒，大材不可用在無關緊要的地方，何謂重要？什麼是大材？或許每個人都有不同的想法及目標，但最近深深的體會了一件事情，並不是像社會的看法所形容高學歷無用，而是很多人對別人的意見根本聽不進去，有些人眞的只能觀察到五步之內可能發生的事，五步之外的你說了他們也聽不進去，也就是所謂短視近利，其實有些高知識分子除了拿到高材生的資格使公司讓其調薪升職，基本上沒其他跟一般人有什麼不同的思維。

我發覺是因爲職場地位及專業知識使之停留，因爲在學校我不懂英文又沒社會地位的關係，屬於團體裡面最不引人注目那種角色，所以每個人的想法和對問題觀點我都想去了解，實在到目前爲止在學校有幾個人讓我覺得眼光獨到，先說並沒有覺得自己很厲害喔！反而認爲自己不夠資格挑戰社會才選擇去提升，很多人一定會認爲我這樣想別人，別人不也是一樣這樣看我對不對？

好吧！就當我自大、自負也無所謂誰對不住誰？這篇不是要告訴你們誰的思考比

別人強？而是希望藉由此篇使大家把接收訊息範圍擴大，只有把自己當成弱者才能用強者思維去判斷，從開始我就是最後一名錄取而就讀，也沒有存錢準備負擔學費必須辦學貸，所以完全是以空杯裝態把自己當成路人甲角色，對原先充滿著期待和準備受死的狀態而入學。

但想給各位一些想唸EMBA的讀者們建議，想學到東西就要靠自己去找尋機會，絕大多數感覺比較像是去交朋友的，並且眞的讓我感覺到一個人想成功不是那麼簡單，首先要去找尋到相同目標和思維的團隊，否則各說各話，牛頭對到馬嘴還怎麼搞下去？再來要同樣一群非常執著的鑽牛角尖分子，這樣才能爲了目標花很長時間去思考同一個問題，以前眞覺得這些根本是我的大缺點，結果讓我這樣鑽還眞鑽出個非常人邏輯，你覺得我是在臭美嗎？其實也算啦！想成功怎麼可以不從骨子裡散發迷人自信是吧！張一鳴拒絕了馬化騰投資才有現今抖音的出現。

看見黃雀忽略前面還有陷阱，而一心去追趕捕抓牠，這種事情不是有智慧做的事，就像一個人只專注於工作上目標，卻沒想到背後還有很多需要支付的金錢，然而目標沒達成還留了一屁股債，還眞的是賠了夫人又折兵啊！

有個寓言故事是這樣說的，三個小偷看見了山羊的脖子上緊著一個小鈴鐺，第一個小偷說：「我能偷羊不讓農夫發現。」第二個小偷說：「那我從農夫手中把驢偷走。」

第三個小偷說：「我能把農夫的衣服全部偷來。」

第一個小偷靜悄悄走近山羊把鈴鐺解下來，綁在驢尾巴然後把羊牽走了，農夫發現山羊不見就到處找，結果第二個小偷去問農夫：「您在找什麼？」農夫說：「我的山羊被偷走了。」，第二個小偷說：「我剛才看見有人牽隻山羊往樹林裡走去。」於是農夫請求第二個小偷幫他顧驢然後自己去追山羊，第二個小偷趁機把驢也牽走，農夫回來一看驢子也被騙走後不知所措，走著走著他看見池塘邊坐著一個人也在哭，農夫問他：「你發生了什麼事？」那個人說：「我賺了一袋金子要拿回家中，因爲走得太累了在這裡睡著，睡太熟那袋金子被我落到水裡去了。」農夫問他：「爲什麼不下去撈上來？」那人說：「因爲我不會游泳，誰能把金子撈上來，我就送他十兩金子。」農夫心想（是因爲別人偷走我的山羊和驢子，老天才給我這樣的好運）結果下水後什麼也沒找著，上岸的農夫發現自己爲了下水脫的衣服也不見。

這段故事指的是大意、輕信和貪心，或許有人會覺得小偷不要偷走山羊不就好了，但那是他人所作爲我們不能控制，能控制的是自己一開始就不該大意，另一個層面來講是在這個社會上，你永遠不會知道背後有什麼人在算計你？然而自己的一切都必須小心翼翼保護好，想成功眞的太難，哈哈！有沒有阿姨可以讓我不用努力？曾經有位主管告訴我要做殯葬就專心做一樣的意思，可是我要繳孩子學費、車貸和一些大小開銷，也有朋友叫我把公司撤銷，說很多人都這樣做，其實殯葬業就是這樣才成亂象的，只要有認識做葬儀社都可以當樁腳，結果一堆奇奇怪怪的人都可以說是殯葬業，就想問憑什麼我們要付出這些額外消費？而隨便當一個介紹人就可以向禮儀公司抽回扣？羊毛出在羊身上，奉勸各位別再找那些沒有公司行號的所謂殯葬業者或說有自己認識殯葬業的人了，他們都有抽傭金的。

民主後遺症

自己有很多不足又不肯向善者學習，這樣就會導致失敗了，這裡說的善者不只是代表善良，更是表達努力學習，因爲只有從學習中才能去領悟生活上的是非，養兒容易育兒難，犬子如今正式邁向國七這段即將叛逆的旅程，今天老師傳訊息說孩子數學連續兩天沒寫完，我又沒辦法每天等他放學這樣盯著，實在不知道有什麼辦法可以改掉孩子的拖延症？不是作業沒寫就是說不會寫。

人說成功男人背後都有個偉大的女人，這眞的是一件很重要的事，從他還很小時就是單親家庭長大，也只有孩子的奶奶陪伴教育著，祖孫永遠都比父母更疼愛孩子，這也導致大多數隔代教育都會養出叛逆孫子，其實我眞的不懂爲什麼現在社會用愛的教育？難道各位不覺得這樣眞的已經出現很多問題，好像變成想用鐵的紀律讓孩子成長是錯，玉不琢不成器啊！並不是每個孩子都懂得自律的，

我們一直想學西方的教育方式，這裡就跟大家談談歐美國家怎麼對待老人？他們家中長輩到了需要親人照顧時，選擇的做法是把老人往外送讓他們自生自滅，所以西方經營養老院的生意比我們好很多，而且規模和方式就像住在渡假村一樣，或許有些人會覺

得這樣也不錯，好吧！那我們有沒有辦法讓孩子像外國孩子小小年紀就這麼獨立且不用家長擔心安危？我可以很明確的說這是不可能的事情，在這裡每個小孩都像是王爺、公主般尊貴，學校老師打罵學童會被家長告。

就像警察對重大嫌犯開槍還要被指責，新聞上播的那些虐待案讓各位家長人心慌慌，但那都是少數事件像中發票的機率一樣好嗎？結果造成現在什麼樣的社會型態？我曾經載到一群年輕男同性戀者，過程中聽他們聊著成爲同性戀的原因，竟然是因爲身邊有這樣的人所以他們覺得好玩，而且沒這樣做就跟朋友不一樣，更誇張的是現在他們認爲這樣是種驕傲，天啊！這已經不是多元性向問題了，根本就已經變成趕流行狀態，我實在很難想像五十年後社會將是什麼樣子？其實教育不是滿足做父母的如何當好父母？或是表現給他人看自己有多疼孩子，這樣只是得到你想演出在別人眼中的角色，而是應該教孩子們以後對自己人生負責，然而現階段環境只造就更多玩世不恭子弟，他們所認爲的負責建立在自私的認知裡，覺得所做所爲並沒傷害到其他人，可事實眞的不會影響到這社會嗎？

不裝聾作啞、遇事不懂得裝傻，就沒辦法當別人的公公、婆婆，現代間的婆媳問題也是越來越嚴重，因爲女人們已不再認爲該在家庭內相夫教子，甚至越多越多女人比男人強，家裡的經濟方面也是女方更勝一籌，所以現在的妻子並不認爲什麼都交由老公作主，反而認爲憑什麼我不能做決定？而當家庭觀念隨著女性能力升高而改變，已經不再是男尊女卑的互動模式，倘若長輩還是認爲做妻子應該做個完美婦人，並且覺得自己的孩子就比較優秀，那一定會傷害到這個世代的價值觀。

以前是男主外女主內所以雙方比較不會發生爭執，然而現今離婚率越高是越發達的城市，原因是假設男女雙方都有工作時，男方賺比較多時就會認爲家務應該由女方負責，想當然爾女方一定不願意啊！畢竟妻子有賺錢也不靠老公養爲何自己要當下人？那假設女方財力比男方雄厚，各方面外在能力又比老公強，此時男人自尊就會日積月累漸漸分裂，雙方都不甘臣服於另一半把重心分到家裡，最後就會導致離婚收場，其實任何感情面都是要一起成長才走得下去。

愛情卽是門當戶對才能白頭偕老，友情則是物以類聚才會互相體諒，否則就是要一個願打一個願挨，但誰也不敢保證哪天佔下風的理智線斷掉時，忽然一個晴天霹靂下起了狂風暴雨，不願意在家癡癡守候天明決意離去，也或者家庭支柱突然間看膩了自己種許久的花，想去看看外面遼闊的森林，其實這些都是任何感情最終失敗的主要因素，人與人之間都綁著一條無形伸縮線，每條線可承受拉扯的壓力一定是不一樣，然而可受力範圍其中包含各種相互存在的利弊，材質有的是權、有些是情、有眞心也有因利益，不管緊緊相連的兩人是因爲什麼而綁在一起，只要有任何一方不想維持或跟不上腳步，久而久之那條隱形線勢必將被扯斷。

告訴各位一份研究指出以平均八十三歲死亡來看，一百年後台灣人口將剩一千兩百多萬，想想看那時候社會是什麼模式在運作？你所生活環境人口將少一半，經濟流通率少一半相對供給需求少一半，結果造成貧富差距大一半，各位現在覺得不重要、不重視、無所謂的事情，都會在未來子孫們的生活方式裡發生恐怖變化，就是易經裡講的盛極必衰、物極必反，是福不是禍、是禍躲不過。

流浪犬效應

夜晚走在路上就算沒爲非作歹，也無法讓周圍的狗不對自己吠叫，比喻著人活在世上就算不做任何壞事，還是免不了被閒雜人等說閒話，人啊！眞的是很奇妙的一種生物，尤其是會說人話又可用文字表達了以後，基本上大部份的人都跟流浪犬差不多，我們就在這稱它爲「流浪犬效應」好了，形容自己感受不到溫暖喜歡群聚尋找同溫層，爲了食物及地盤彼此產生鬥爭，喜歡在夜晚對著獨行的人吠叫，其實有時候人類的舉動根本就跟牠們沒太大不同，不管三七二十一看見黑影就亂叫，就像要把受到不平等的對待發洩在陌生人身上，這種現象通常會發生在沒有目標的人身上。

因爲時間太多不知道可用在什麼地方？於是就在網路上或私下的人際交往裡面，顯現無與倫比的狂犬魅力得到他人關注，況且流浪動物在被關注收養後會特別乖巧，因爲牠們怕再次回到居無定所的生活，只要養牠一輩子這生就只認定你，但靈長類之首的人類怎會輕易放過七情六慾呢？不都是爲了生存而選擇讓自己更強大，每個說自己有情有義的那些不是沒機會，就是睜眼說瞎話或沒被人發現私下做了什麼？

哪個人不是靠著師父領進門才有修行靠個人？擁有成就後把成就和榮耀分給師父，

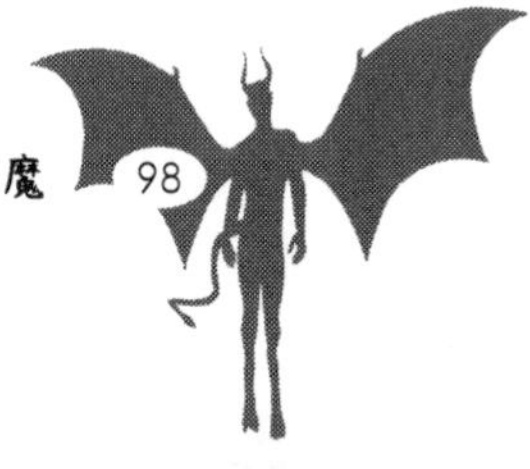

別鬧了！出家人或乞丐可能我還相信會這樣做，要養家要生活你可以事事順心永遠當個好人，那親人肯定在你心裡不是那麼重要，有沒有覺得養隻狗比交朋友還安全？是的！幾乎沒有人會在危機時放棄自己而救你。

電影《金剛》裡巨種猩猩還為了救安而喪命，但如果奢望有這麼個捨身救命的好友，只能證明你電影看太多分不清楚現實是什麼？你可以說是我的本性就骯髒齷齪才這樣想，我不否認，但也祝福你別被瘋狗吠到嚇一跳，到時把三魂七魄嚇成行屍走肉就會相信我了，尤其是酸民們請別亂叫，狗都比你們可愛多了。

仁慈之人不輕易說出絕話或與人斷交，明智的人不輕易埋怨環境或怨恨他人，在社會上會遇到很多不公平的對待，並不是所有周遭人事物都可盡人意，在交往相處方面也是常遇到自己不喜歡的人，記得有次我開UBER要去接乘客時，突然在過程中的一小段路等了三次紅燈，導致乘客上車時像鬼擋牆一樣跟我咆哮：「為什麼我剛看你導航車子都沒動，你是不是故意的？知不知道我趕時間？」我解釋道：「我也不曉得為什麼那裡會塞住？真的等了三次紅燈。」（我覺得她腦中出現跳針跳針跳針叫我姐姐。）結果這對話重複了第四次後本少爺不但不爽，還忍不住心裡那澎湃的激動說道：「啊就跟妳說停紅燈是聽不懂嗎？請妳下車我不載了。」結果她賴車上報警害我被開張拒載紅單六百塊，警察還說：「當警察十幾年第一次開這種紅單。」事發之後思考當時我應該忍下來，畢竟乘客眞的等蠻久的，而且我也不可爲了載客人去闖紅燈然後再被檢舉吧！事實證明我不仁慈也不明智，因爲遇到瘋子時我還把自己也變成了神經病。（雖然我是）

其實這職業很常遇到讓人等或沒時間觀念的人，有要去唱歌喝酒幾分鐘路程跟我說趕時間的，也有等了他快五分鐘才上車跟我說要趕時間，一公里的距離你也跟我說趕時間，認眞建議要不要乾脆坐救護車比較快一點啊！拜託好嗎？我們一趟才賺你幾塊錢還要幫你趕，剛開始跑車時一個月紅單四、五張誰付？但後來的我不管怎樣只要塞車都會先道歉，叫我趕的那種口頭上答應後也不會理他，因爲能體諒的自然不會責怪我們司機，但偶爾出現那種神經病的你跟他解釋再多也沒用，不過開車遇到很多奇怪的事，有那種雙方都有老公老婆的說起話來像情侶，（其實我是感覺那根本是地下戀情啦！）也有喝醉酒的問我說：跟老公不性福，很想找前男友或有個人陪要怎麼辦？（我看起來像男公關或婚姻諮詢師嗎？）

有時候眞的會讓我感覺世界眞奇妙，但除了這些怪人怪事不定時發生外，也可以知道很多職業是在做什麼？更可以遇到一些事業有成的人讓我得到一些知識，希望每個人都能用放大鏡看自己，而用顯微鏡看別人，或許過程中都能讓我們得到一些收穫和成就感唷！

第四章 活像打不死的蟑螂

沒有天生的天才

「我非生而知者，好古，敏以求之者也。」孔子說：「我並非一出生就懂知識和道理的聰明人，只是喜歡從古代流傳下來做人做事的理論，然後勤奮且認眞去要求自己學習。」連至聖先師孔子都覺得自己不是聰明人了，現今社會多數人把賺錢爲第一目標，卻已經不把品德和學識認爲是追求要件，其實會賺錢並不能讓內心感到充足，我暫且把做生意的手腕稱之爲練武功，大腦內從外在看不出來的修爲稱之爲內功，從武俠小說裡我們會發現，任何拳法、劍法都只是花拳繡腿，殺傷力不是特別大，而加強殺傷力的方式無非就是基本功，蹲馬步、扛水桶、跑步等等……

不知道大家有沒有發現？九陽神功、九陰眞經那些金庸筆下神功，能在江湖上稱霸且威震八方的，一定會有強勁的內功做爲基底，若只會武術卻沒內勁只能做個武俠，而大家所知的那些聖人大都是些知識淵廣，但都因爲任何原因而辭官或被貶官，或許人各有志所以追求的不同，但聖人們在古代可卻都是有錢人喔！相當於現代的貴族學校，並不是人人能讀的。

北宋時期福建將東縣有個叫楊時的進士，他特別喜歡學習，到處尋找志同道合朋友

一起去拜師，曾就學洛陽學者程顥門下，程顥死前又將楊時推薦到其弟程頤門下求學，楊時當時已經四十多歲，也相當有學問，但他仍不驕不躁尊師敬友深得程頤的喜愛，被程頤視為得意門生，有天楊時同一起學習的遊酢要向程頤請教，卻發現老師正在打盹兒，楊時便勸告遊酢不要叫醒老師，於是兩人靜立門前，天飄起了小雪楊時和遊酢卻還站在雪中等待，遊酢實在受不了想叫醒老師卻都被楊時阻止，直到程頤醒來才發現門外豎立著兩個雪人，從此程頤更加盡心教導楊時，之後楊時回到南方傳授教學且被世稱龜山先生，後人便用「程門立雪」來讚揚那些求學誠心尊師重道的學子。

複習學過的知識和道理，就能領悟出其中要傳授的意義而教導別人，在現今社會中很多人怕別人學習自己的專長，吝嗇將所得到學問告知於人，深怕他人會因此而搶走自己討生活的飯碗，其實這是很大的錯誤觀念，每個人都有自己比別人強的地方，互相學習跟交流才是讓認知更上層樓的方法，人與人之間就是要這樣檢討和勉勵才會成長，遇到那種自私之人就離遠一點，說不定哪天他會為了自己的利益而害你？

這裡舉個自身案例來分享，在我第一次創業時曾請教過同行的前輩，但沒幾個人願意告訴我該怎麼做？甚至不會讓我清楚他們的價位內容及項目，或許有人認為這是同行的商業機密，不可不承認多一個人知道等於少一份飯糧，所以最後還是自己慢慢摸索，也曾經在利潤上面發生一些問題，但當我懂得這些模式後，卻會反而因為有人向我詢問而高興，並不是誇獎自己，是正因爲如此我能常溫習內容及價格，當初甚至不用看價目表就能把產品價位記起。

或許是以前做錢莊的職業病對數字特別敏感，常常能自然而然把一些數字刻在腦海中，這就說明了當你決定了未來的方向之後，必須重複將技能熟用並且回想，有時會更能生巧後產生不同想法而運用其中，其實不要怕別人學自己的知識，是要在別人學習我們之時想方設法更上層樓，這樣不外乎是勉勵自己成長的一種方式，若只想在安逸裡求生存那當他人和你旗鼓相當時，便會心生嫉妒及怨恨，在心裡學有種理論叫動機狀態，指會在激勵自己的過程中朝期望目標前進，但在此過程中可能目標會發生改變，經由個人意志力及競爭心態去增加或減少其奮鬥動力？當目標大於成果時，就會因沒能滿足到自身需求，從而導致不平衡心態和不理性行爲，如果當時受到打擊就可能會因此產生心理黑化，也會出現很多悲觀思想。

我們知道那些家裡面的害蟲和水溝裡的老鼠繁殖能力很驚人吧！做人就要向那些不要臉的學習，失敗沒有大不了，面子也不要看太重要，被人道長短又如何？活著總不可能人人都喜歡你，遇到討厭你的就更要以驚人的耐力跟他拚，那些人會希望把你消滅，就像電影裡的台詞說：「你殺了一個我，還有千千萬萬個我。」意思就是要像不到翁那樣倒了又起，逆商可不是人人有的，要知道跌倒後鼓起勇氣爬起來要比一路上小心翼翼行走更難，許多人就因爲一次的失敗而導致終身失去鬥志，要知道我們活在世上只有一次機會，沒辦法在挫折中成長就註定在漫漫時光流失生命。

別忘了曾經的自己

做人不可以越來越高傲無視他人，別讓行爲和習慣被慾望掌控，即便有所成就也不能志得意滿，千萬不要只想著過快樂的生活，每個人都一定需要成長，不論是精神或是物質層面，尤其在成家立業了以後，往往會把事業及個人利益放在第一位，因爲已經不是一人飽全家飽的年紀了，有些許人打拼到有些成績後，面對以前的長輩而現今不如自己時，難免會變得有點目中無人，其實有時並不是眞的驕傲起來，而是換了位置就必須換顆腦袋，或許單純是眞的忙到沒注意到周遭人物，也可能是對方不求上進而不想親近，可是常常會被解讀爲翅膀硬了就飛上天。

不過被無視的人卻不會思考去自己的作息，或者是自我的行爲舉止讓他人不想繼續接觸？但我們有了成就千萬不可以把尊重當成不必要的事情，把想要東西的慾望盡可能滿足自己，那最後就可能變成了揮霍無度，等到物質生活高於一般人時，內心就會覺得自己比其他人都強大，甚至在談吐間不自覺自傲了起來，換來了開心生活快樂炫富的日子。

但俗話說樂極生悲，是因爲當一個人爬至高位時，外界對他的態度及吹捧會使人忘了初心，那時正享受著萬人膜拜天神領域的喜悅之中，根本不會擔心有天會從神壇跌落，所以有很多人在高處時會覺得自己不會失敗，更可能認爲別人不會贏過自己，導致很多人常常會好了傷疤忘了痛，如果我們正在低潮受盡委屈，請默默的努力，繼續讓那些自以爲是的森林猛獸耀武揚威，等落難他們就知道老虎曾經也只是隻貓。

對自己所喜歡的人必須知道他的缺點而不偏袒，對自己所討厭的人也仍了解他的優點而不無視，人們都有種先入爲主觀念，一個人好壞往往在那個人給出的第一印象，或是相處過後能不能成爲朋友而去認定，但這卻是與人交往最膚淺的方式，因爲你覺得他好然後把他當成朋友，結果看見都只有你們好時那一面，順其自然認爲這個人是好人，也就是心裡面這種好人會使你放下防備心，最終被傷害也絕對是自己因爲當初覺得他是好人，對於一些被自己否定爲那些感受不舒服的人，也會拒而遠之甚至對方所做所爲怎麼看都不順眼，從而忽略了不喜歡的人身上某些優點。

我個人認爲自己以前朋友也不少，但在需要關心時沒有任何關心，生日時沒有任何的生日祝福，不僅回想著自己做人眞有這麼差勁嗎？答案是除了嘴巴賤以外我是眞心交朋友，還有以前太愛亂花錢所以跌倒時就沒錢了，如果能做到的事也絕不囉嗦，但現實卻是賞了我一個大巴掌，當你沒有用處甚至身上沒錢時大家見到你都跟見到鬼一樣。

因爲人不喜歡好人而是喜歡會做好人的人，他們可以讓人舒服相處甚至哄得人心花開，比起不會刻意表達善意的更勝一籌，那些總是可以穿梭在人往熙來交友圈的，不是僞善人就是眞本事，不然就是最簡單的物以類聚，所以現在我不想再靠感覺交朋友，只想交是好人的朋友，對我有幫助可以互相成長的朋友，與其浪費時間相處之後再來抱怨任何人，倒不如一開始就去感受這個人是否善良？如果是同道中人就會彼此幫助和成長，這比每天談話相處及吃喝玩樂的虎群狗黨有意義多了。

要知道外表是可以包裝出來呈現，可是日久總會見人心，在現今這種以利益爲前提社會環境中，一顆善良的心是最難得的選擇，因爲善良的人就算壞也壞不到哪去，所以不用擔心跟他相處會遭遇多慘下場，正因爲心中有尺、做事有度，不巴結也就不會有什麼心機了，要知道一個人用甜言蜜語也需要動腦筋，如果他不圖什麼那何必做這些舉動是吧！

不是每個人一出生就會有人要巴結你，除非你是含著金湯匙出生的貴族子弟，不然我們就是要靠自己雙手去打拼直到眞有機會成功，可是有太多太多人在成功後都喪失初衷，變得貪婪且自私自利又目中無人，因此才會成爲賞金獵人中的目標通緝犯，所以看到身邊那些狂妄自大的人不用太在意，總會有人因爲看不慣而盯上他，我們想做的別人也想，討厭的人別人也會討厭，所以做人做事多換位思考就能少做錯事。

做個無懼的勇者

一個人如果只喜歡獨自學習，而沒有跟朋友互相討論及研究的話，就會淺薄見聞對社會上所有認知了解很少，也就是說你的知識是沒有什麼含金量的？因爲會局限在自我主觀意識範圍內，並沒辦法吸收其他認知外的常識，其實這就是自卑心太強作祟，深怕別人知道你不懂的事情而不敢面對難題。

我們可以想想看，如果你自己一個人在讀書，看到了書本上面寫的道理，但是卻沒人跟你討論，就像關在鳥籠裡的鸚鵡，雖然會說人話，但是卻不能飛出去大自然環境生存，因爲牠並不知道外面的世界還有更多比牠厲害的動物，人也是如此，好比關了很久的犯人，出獄以後會跟社會脫節不適應，有些受不了的人就會選擇再度犯案在回到監獄裡。

即使一個人的專業能力很強，可是接觸層面只在自我認知範圍內，就不能用更多角度去看待事物不同面向，學習就免不了必須從競爭中加強內在知識，常看到有人說「不要和他人比較」，但我想說：「不要比較怎麼知道自己能力到哪裡？」，只要是出自想要讓自己成長而不是去傷害他人的心態，其實比較這是件好事啊！

並非和別人競爭是錯誤的行爲，而是輸了產生忌妒及怨恨才是不對心態，我們應該抱著所謂「英雄識英雄」去面對學習，別人好的地方我們要心存佩服及欣賞態度，更要勉勵自我想辦法使自己各方面有所提升，絕不能產生負面情緒要把對方拉下來，即使對手死了你沒成長也不會飛黃騰達是吧！

而激勵自己則會影響達成慾望的舉動，進而加強及維持其努力行爲，早期激勵最具代表性理論是「需求層次理論」，認爲內心有五種層次漸進需求分別爲「生理需求」、「安全需求」、「社會需求」、「尊重需求」及「自我實現需求」，在達到滿足下一層次需求之前，必須充分滿足上一個層次的心理需求，而且內在和動力會隨能力逐漸上升，並在其理論內完成，生理與安全屬於低層次需求，可藉由外在因素達成滿足，而社會、尊重與自我實現則屬於高層次需求，必須經由提升內在因素才能得到，因此一個人對生活期許並不是藉由毀滅達成，重要是充實自己努力達成目標才能立於不敗之地。

古代有句話說：「鸚鵡雖能學人說話但還是飛鳥；猩猩也能出聲音但終究還是走獸。」作爲人而沒有禮節就算能說話，心態不就跟禽獸是同樣的嗎？我們能用語言表達是爲了更好的溝通及傳遞訊息，如果嘴巴是拿來傷人的那就跟野獸攻擊獵物是一樣，就像石器時代的時候人類是如此野蠻，而生於文明更要懂得知書達禮，才不枉費前人爲我們一點一滴保留經驗來讓人類更強大、世界更美好。

每個生物都有在世界上的用途，鳥下了水翅膀濕掉就無法飛翔，魚上了岸鰓沒作用不能呼吸就會死去，萬物之首的人類雖能做到很多動物也能做到的事，但不是每個人的專長都是相同的，其實我們也都有相似於猛獸的不同特性，有人似鷹、有人似虎各有千秋憑個人認知。

有間汽車銷售從某金融公司挖角一位金牌銷售，讓他過去擔任金融主管的職務，可是他不僅管不住下屬也不願聽別人意見，結果發現思維和交談都沒當初看上他時流利，彷彿在這新職位上就像個毫無作爲的社會新鮮人，公司業績也因此一落千丈。

這是在心理學中強調的「領域依賴性」，就像是學術界的經濟學家講起課來誇誇其談，但真的放在商場上卻毫無作爲，另外很多企業家在人際交往方面卻如此孤獨，甚至家庭極度不和諧導致四分五裂，而兩性婚姻專家可以解決人們感情困擾，可是自己的愛情卻一敗塗地更是狀況百出，還有根據統計所有職業抽煙比例醫生居然在前茅。

爲什麼很多古代的聖人他們在官場上都沒有特別貢獻？卻能講述出如何治國及做人的方針，以致讓人們借鏡而完成很多偉大政策，事實證明經驗跟腦袋的知識是不可能合而爲一，並不是懂得很多就能在行事上操之在己，反而遇到的現實會使無力感加重，因爲每個人都是獨立個體誰也不想受制於誰，尤其在認知領域內會形成「唯我思維」，別人建議或其實是更好的處理方式也不願接受，其實在相敬如賓的表面下要學會用內心去接受，並不能主觀的用自己角度去看待事物，否則絕不會讓眼界更廣，更不可能在跨領域的環境使自己能力與知識有所改變和成長。

禮貌體現在外表

樂由內心產生所以能夠讓人靜下心來，禮是互相由儀態往來而形成禮儀制度，在古代音和樂、禮和儀是有不同表達的，音會迷惑使人亢奮而樂則充滿德行使人平和，禮是外在言行舉止而儀則是行容相貌的體面，然而隨著時間推移慢慢改變字面上的意義，如果說人可以因爲音樂影響心情，倒不如說是音樂產生了人的氣質儀表，喜歡搖滾樂就會從外觀散發出狂妄不拘，偏好古典樂的會讓人感受到文風雅致，聽電子樂能享受自由亢奮的節奏，每種喜好都可產生不同類型的人格。

著名鋼琴家帕岱萊夫斯基，有次準備到美國一間音樂廳演出，因爲是一場期待已久的音樂盛宴，所有觀衆都穿著愼重的晚禮服出席在音樂廳，當天有一位母親帶著活潑的九歲男孩參與，希望孩子聽過演奏後會對學琴產生興趣，但演奏還在等待階段時，男孩坐得不耐煩在座位不停吵鬧，這時母親剛轉頭和朋友談話，調皮的搗蛋鬼竟然悄悄從媽媽身邊溜走，原來他被舞臺上美麗的鋼琴所吸引，跑到舞台坐上了演奏的位子，趁觀衆們還沒注意到這可愛的小鬼時，把小指頭放在鋼琴的琴鍵上，演奏他最近才學會的一首曲子，觀衆們聽見琴聲全都安靜下來看著台上，大家都驚訝望著在台上彈琴的孩子，這時旁邊出現了很多責罵和抱怨：「這孩子是帶來的？」

「父母親在哪？怎麼這麼沒教養。」「趕快把他帶下來別讓他弄壞了鋼琴。」這時在後台的大師聽見了琴音，以飛快的速度跑到小孩的身後，伸出雙手配合著孩子彈奏當起了和音，並且告訴孩子：「繼續彈下去。」當演奏完時台下的觀衆全部起立爲這兩位鼓掌。

我們從這裡可以看到不同的面向，從教育角度來思考母親是否失職？但大師舉動無疑給了孩子很大的鼓勵，試想如果我們是這位母親接下來會怎麼做呢？假設責備了孩子可能影響他往後對音樂的恐懼，但不責備又怕往後會成爲沒禮貌的孩子，那接下來勢必從外在禮儀去化解這份無奈，需要當下就在腦中出現無限分支設想結局，然後選擇一個後果傷害最小的可能來解圍，或許這時已經沒有正確的選擇了，因爲一定會有負面反應來討厭這位母親，是我的話首先會上台在演奏完時和觀衆道歉，然後讓孩子一起承受周遭的一切可能，接下來會告訴孩子記得這時的感受，問他喜不喜歡演奏完的掌聲？然後告訴他有天要憑實力出現在舞台上，靠自己的雙手贏回這些人的支持，不能再沒有禮貌的闖入不是你的舞台，雖然不能確定這樣的做法會有什麼結果？但我選擇帶著孩子一起面對所有難關，也在這條路上陪著他慢慢懂事和成長。

在沒人告知的情況下能有所聽聞，能在看不見的地方有所察覺，這是個一體兩面的世界，凡事都會出現兩種不同聲音，有時候並不會有任何形式告知即將發生的事，就像這社會給我這些經歷前，彷彿一切都那麼正常且毫無預兆，然後在這麼多人的處心積慮下發生。

我不喜歡在爲人處世認眞去面對，因爲會習慣性鑽牛角尖，而且極端個性會造成不是開玩笑就是不開玩笑，可能因爲本身修養不夠所以選擇嘻嘻哈哈，如果不這樣面對生活會很容易暴走，所以有時眞希望自己是精神分裂患者，這樣就能有不同的我去過不同的生活。

有次老師上課時一位孩子不停的大聲哭鬧，老師想辦法轉移他的注意力，就把一面地球一面人像的圖片撕成九片，然後散開對孩子說：「你如果可以把圖片再拼回來，我就把櫃子上的機器人拿下來借你玩。」結果十分鐘後孩子就拼好了，老師問：「哇！你怎麼可以這麼快拼完的？」沒想到這孩子說：「地球後面是人像，只要把人像的照片拼在一塊然後翻過來，那就一定是地球了。」老師微笑著拿機器人過去讓孩子在旁邊玩。

看過一篇文章寫著以一般人爲例，一生會因爲你的關係而受影響最多三百人，實際上只有兩百五十人左右跟你實際認識，而剩餘五十人則是很要好的朋友間接所造成，所以說除非你身份特殊，否則不管你討厭或支持某一個人，結果最多只會有三百人受影響而跟你同進退，那已經是人脈及人緣超級優秀的人才能達到的結果。

但在「六度分隔理論」中表示，只需要走六步就可聯繫到兩個互不相識的人，代表著競爭對手的這三百人裡面會重疊，那麼所做所爲只能在一個人能力爲單位圍繞，超過範圍就會出現百分之五十機率去接受或否定，因此你會發現社會上多數人的思維是左右搖擺，相對出現某種行爲時可以很快速擴散至人們認知，但不表示這些人都是忠誠支持者，反而都是可控制因子能藉由外力去改變，所以如果有很多注重人脈多寡的讀者，請相信實力比較重要，努力充實自己才能不受制於人，人是種可輕易改變立場的生物，眼觀四面耳聽八方就顯得特別重要，越是寧靜的夜裡越要擔心暴風雨。

別把投機合理化

因爲自己的事情使人陷入危險，必定要與之共患難，怎麼能只有自己活下來？這裡不說別人說我自己吧！在十幾歲時搖頭丸跟k他命剛盛行，也因爲身邊有些長輩開起藥房，我就糊裡糊塗的當起了小蜜蜂，小蜜蜂就是下游毒販子，接客戶電話然後送到客戶手中，直到有次我跟朋友們自己在玩，警察到包廂臨檢，在裡面搜出了一些二、三級毒品，但那時候法律對新興毒品還沒那麼嚴，其實只要承認說是我自己要吃的，大不了也就勒戒而已，可是一堆人在警察局被警察問是誰的？我卻不敢承認，害大家陪我在警察局裡僵持著，其實我眞的就是名副其實「卒仔」，敢做不敢當的那種，到後來不知爲什麼就有警察來放我們出去？然後跟我做朋友，有時還一起出去，長大後想想這不就是台版無間道要抓幕後的嗎？

好險從那次進警察局就發現自己不適合做兄弟，因爲我怕關所以就沒販毒了，之後也才會做錢莊（重利罪前兩次判刑都可易科罰金），其實很多人都會覺得自己有義氣，但發生在社會上眞的不是拍拍電影，大家都是古惑仔這麼犧牲自己，所以若沒有自我犧牲的心理準備，奉勸各位不要犯法害到朋友，幫你扛罪或供你犯罪都不是，做兄弟害人又害己。

有些罪犯覺得自己不偷不搶，又不是逼良爲娼，一切的行爲都是供給需求，就算自己不做，別人也會做，但他們卻沒想過正是自己的這種行爲，將導致多少家破人亡及間接性對民眾構成危機困境，有多少無知的孩子因爲一時的貪念毀了人生？就像詐騙集團騙了老婦人的棺材本，人家辛苦打拼了一輩子，因爲善良害自己血本無歸，那些詐欺犯卻每天大魚大肉、夜夜笙歌，別人糟糟的死去自己快快的樂活，這就是所謂社會在意的人權嗎？不把人當人的哪來的權可爭取。

常聽別人說你的過錯，過錯會漸漸減少而福氣來到；而常聽別人對你誇獎，聲譽容易受到損害災難就會到來，慎重告訴大家這絕不能用在孩子身上，孩子是需要誇獎和鼓勵的，如果一直說孩子不好的話語，他潛意識就會認爲自己是那樣子，然後自卑心會引發成長過程中叛逆心態，結果就變成用偏激的做法來表現自己，尤其在課業遭受挫折之後便會自甘墮落，導致對家庭及學校的反感，這時當在外頭欺善怕惡之後產生所謂假性成就感，認爲這樣的行爲是可引起注意且光榮的。

假設我們幸運教導孩子沒在叛逆期學壞，等孩子心智成熟懂得分辨是非後，就要慢慢開導他社會上的人情事故，讓其知道反省自己、改正缺失，所以更加需要培養面對困難時的處理方式，「忠言逆耳而惡言順耳」，如果要討好一個人時說出口的一定會是好話，因爲要讓你相信他，從而得到在你身上某種對他有用處的利益，可是有些很好的朋友也常誇獎對方，但若一個只看到誇優點卻沒反駁你缺點的人，不是還沒發現就是這個人很虛假。

因爲曾經自己就是不想當壞人，所以盡可能做一些事不讓人討厭，過程中就產生人人都好的錯誤觀念，結果卻很容易自我產生不滿後在背後抱怨，也很容易因爲別人誇獎而輕易相信他人，到頭來會發現在背後抱怨而沒直接指正朋友，這樣更會消耗友情之間的信任，而他人對我稱讚導致我常以自我爲中心，沒有分辨話語眞假的是非能力，就造成耳根子軟別人說什麼都相信，其實這種無知行爲很容易被人投其所好而利用，嚴重的話還容易變成他人犯罪工具，甚至是變成借刀殺人的那把刀，建議各位聽到任何誇獎後先靜下來想想，自己有什麼樣的優點可以幫助到他？是否眞的值得別人這樣稱讚？才會避免被諷刺還傻傻得意忘形。

對於他人批評指教的話語千萬要記在腦海裡，因爲當他說出來時一定是眞話，而對於歌頌及讚美那些就大可不必太高興，左耳聽進去右耳穿出去就行了，那些話不但不會幫助你成長，還會使你沉浸在自我膨脹的時空，當有另一些人說出你的缺點時反而會不自省，逆著人性才會思考，順著人性就叫誘惑，小心把你來個仙人跳。

親愛的自己辛苦了

以財富和權勢與人相處，財權逝時則情也因此而絕斷；用美色去交往和獲取利益，等年輕不復往時則無以與之相處，這就說明了人要常常問自己，有什麼特質或技能是別人不可取代？你有錢別人更富有，你美麗別人更傾城，與人相處是真誠對待沒錯，但除此之外還要有吸引人的內在，那樣就不是單純只會吃喝玩樂，而是有沒有值得學習的地方？友情如是感情更應是，年輕時覺得很多相處感覺對就好了，直到接觸的人事物越來廣泛，才眞正體會到自己的渺小，外在只能滿足自我否定的虛榮心，能使人自信無非是內心的修養和大腦的知識，因爲那才是別人買不到偷不走，學無止盡而人生短暫，願大家都能在有生之年明確目標，並努力前往心所嚮往的生活，畢竟這世界我們只來一次，別浪費了。

信任才是人與人相處最好的手段，畢竟眞心不滅，所有世上能用錢買到的東西都可能因更多錢而被買走，唯有誠心是用錢買不到的，所以除了眞心誠意外，一定要本身有好修養別人才會樂意與你交往，在我做地下錢莊時幾乎每天都和朋友聚在一起，但這些短暫的快樂在我跌倒時只有幾個人願意關心，而在我更低潮精神出現問題時卻一個人都沒有，自己都不知道什麼時候會撐不下去？

其實那時候如果有朋友關心可能會好一點，可現實總事與願違，只能在每天深夜從深淵裡爬起來再跳下去，那種心理的無限輪迴會幾度想放棄，可是我想爬起來看孩子長大，想比以前那些朋友過還好的生活，總告訴自己快點想辦法好起來，然後以後狠狠面對身邊一切和自己，等爬起來後絕對不會再用錢交朋友，然而現在的我也習慣孤單了，最重要的是看清了很多事，全世界都可能放棄你，只有自己不會放棄，我們有時候別忘記告訴自己：「這一路，我辛苦了。」

看見了兔子才放狗去補兔雖然反應慢了，但還是不算太晚；發現羊不見了才想到要把羊圈修固起來，即使損失了至少以後不會再跑走了，人非聖賢孰能無過，即便是聖賢也會犯錯。

差別在於當發現問題時的處理態度，所有負面和懶散都只是不願改變，而替自己找一個原地休息的理由，只要肯面對進步而找尋目標，即便記憶和體力已大不如前，但擁有比年輕時更多社會經歷想改變並不遲；姜太公七十二歲才遇到周文王，被拜太師而輔佐武王滅商朝；春秋時期晉文公重耳四十三歲還在流亡，六十二歲才回國繼位成爲傳奇春秋五霸之一；漢高祖劉邦四十七歲回家鄉沛縣殺縣令起義，最終反秦滅楚五十四歲才完成統一霸業；劉備二十三歲結義討伐黃巾，經過二十四年的顛頗流離，後因赤壁之戰於四十七歲才立足於三國。

倘若對自己有任何目標及夢想，請別再拿任何藉口跟理由來選擇懦弱，很多時候我們想做一件事，可是總告訴自己等孩子長大或等工作結束後以及任何拖延的藉口，其實到最後根本沒有行動。

而最好就是立馬跨出第一步，就像高空彈跳跳下去就沒回頭路，否則就把讓自己變好的可能給放棄了，即使歷史上成功的案例眞的不多，更多人最終是以失敗收場，但凡只要努力經營和反省過錯，哪怕時光不允許我們走在功成名就的路上，至少可以傳承子孫及後代晚輩們勇往直前，這就是我特別喜歡科比布萊恩的曼巴精神。

雖然有些人因爲年輕時浪費了太多的時間，等到發現自己需要改變已經很晚了，過程中也許會不時出現無力感，甚至會被現實壓迫的不願再去追求夢想，絕大多數人因此就選擇了接受現實的殘酷，爲了家庭而不再對未來有任何期待會出頭天，但就算命運不允許我們獨自狂奔，還是可以把剩餘的時間拿來充實自己，一天只有一小時也好，想想需要增強的大腦裡有什麼知識是有興趣的？當學習養成習慣說不定還擁有未來能翻身的機會，也能讓自己更有自信跟別人相處喔！

差十里就完成

你的目標是一百里的路程，走到九十里也只能算是開始一半而已，事情越接近成功愈困難所以很容易放棄，是的！我覺得自己快詞窮了，而且又在低落時根本不太想動腦筋寫文章，但離目標不遠了該怎麼渡過這個難關？除了狠下心來逼自己停止耍廢需要回到現實，好像沒其他方法可以阻止想擺爛的念頭，所以只能乖乖從沙發上把手機拿起來燒腦。

十九世紀美國西部出現了掏金風潮，一堆夢想暴富的人們蜂擁而至，有位年輕夥子把辛苦存來的錢買下一處礦區，歷經千辛萬苦挖掘很多年，竟然連任何一絲帶有黃金的礦石也挖不出來，結果他竟然放棄了繼續挖掘，賣掉費心已久的礦區無終而返，這礦脈的新主人爲了以防自己赴前車之鑑，於是另外聘請專家勘察了地質情形，沒想到專家不一會功夫便回答道：「只要再往下挖一點金礦就會出現了。」新礦主按照專家的指示從目標往下挖掘後，果然成功挖掘出一大塊含有黃金的礦區，自然輕而易舉地獲得了巨大財富。

成功往往就只差那微乎其微的一小步而已，就像馬拉松冠、亞軍都只相隔那0.0幾秒，只要誰在最後關頭能散發更強大意志，就可以擊敗衆多對手站上前三名頒獎台最高處，世界上有很多成功的企業都是接著前人努力，才能擁有現今的成就，只是大衆只會注意最後成功那一個，至於爲何開發者會沒能堅持到最後？其中不乏包含資金不足、被大企業吃掉等等……，各式各樣的殘酷充斥著整個社會。

最重要的無非是失敗開拓者幾乎都擁有「勝者思維」，把開始想的美好覺得自己一定會成功，舉個例子來說：有間殯葬業者在台灣了申請互聯網專利，結果還沒成功就跑去申請中國專利權，這根本是沒經過大腦的舉動，讓我覺得是紈褲子弟把成功想太簡單了吧！就算成功中國已經準備複製模式吃掉市場了，這就是勝者思維造成的後果，做大事絕對不能一味相信自己能成功，反而要去想任何失敗你受不受的起？因爲對失敗已經有個底，當達到停損點時才有一絲動力再去堅持一下，否則期望越高失望就會越深，心理素質能否承受強烈失敗挫折是關鍵時刻，素質不夠強大就很容易像第一代礦主那樣，最後交給別人輕易替你成就非凡，造成前人種樹後人乘涼的榮景，記得當你背著一袋未切的玉石走在前方時，後面會有很多等待玉石從袋子掉落的人喔！

英明賢人會杜絕疑慮分明讒言，爲流言蜚語除去前進的道路，阻止勾結黨羽的一切行徑，分辨虛實是一生都在判斷的，並不是只有領導者才該去明辨是非，否則就不會有那麼多詐騙集團橫行霸道，也不會有這麼多的人受騙去出國打工，近朱者赤近墨者黑，犯罪集團絕不可能以一己之力能控制受騙民衆。

美國有位社會心理學家皮福，在某次演講中說明了一個理論，當人的財力及社會地位上升後，將會變得沒有同理且更無同情心，因爲他會把貪心和自私自動合理化，甚至會在關鍵時刻做出偏差的異常行爲，就只是爲了讓自己更加強大，不過皮福也強調並不是看不慣有錢人舉止，只是現今的貧富差距越來越大，而有些人一但富有就會讓問題繼續擴大。

就像我們玩大富翁時當比較有錢的玩家，每走到一塊地就會囂張買下去，而貧困玩家則小心翼翼深怕走到別人家需要支付過路費一樣，這就是「大富翁理論」中的人性問題，同樣在社會中也有機會和命運。

其實每個人起點都是在相同的地方，中間所有運氣導致了財富多寡和需要承擔的後果，雖然這是個不靠實力去輸贏的遊戲，可就是因爲如此才能更貼近人性，靠運氣而成功往往行事作風越大聲狂妄，因爲輸完了也不覺得可惜，手頭上資產多也不感到得來不易。

而互動越簡單越能從中觀察對方修養和眼界，最主要是因爲在高處時無法體會低谷的茫然，所以位置會直接影響行爲和思維，要一個人體會相同感受最簡單也是最困難的方法，就是讓他回到當初遭他所對待的方式，別懷疑人性裡眞正存在是天使或惡魔？

只有互相對應且角色對換才能體會，否則沒有感同又如何能夠身受？並不是每個人一出生就是自己的明君聖主，而且從古至今所有的明君，往往都是以最殘忍方式取勝，然後再用道德去治國的偉人。

危險第六感

無形的觀念是有形構想的起源，沒有端倪也是有形事物的根本，所以我們做事要特別注意那些無形的價值，以商業的觀點誰能先觀察到所謂先機，就有機會先一步去規劃和進行投資，老子《道德經》說天下萬物生於有，有生於無，表示所有的東西都是從無到有去發展，「無」即是思想，而「有」則是行動創造萬物，唯一好奇但沒有答案的就是，我們這些地球生物到底是怎麼產生？

雖然世間流傳著有很多難以置信的說法，我是比較相信人是恐龍滅絕後所倖存的靈長類演化說法，但從人類史開始我們並沒有現在的科技，也是自古早的智人一直進化到現今社會面貌（因為有太多說法有興趣請自行研究），能確定的是我們真幸運能生而為人，其餘就管它三七二十一反正是幾十萬年前的事了，地球上也只有人有辦法把智慧展現那麼淋淋盡致。

就像現在的電動車其實在十九世紀就已經發明，電化發明家愛迪生也曾在一九一二年成功製造，但當時的情況和技術並不支持和允許量產，這些都是屬於無形成為有形的例子，英國心理學家克萊恩說了一個故事，有群消防員進入著火的屋子廚房滅火，把火消滅後隊長突然大喊：「趕快出去。」他並不曉得當時爲何會這樣做？當隊員們全部出去後地板馬上坍陷了，事後回想因爲這場火特別安靜沒有巨大聲音，但那時他的耳朵卻比平常更熱才出現的第六感，後來才發現火源並不在廚房而是在地下室，而他們就站在火源上方滅火。

有時我們會突然出現某些直覺告知即將造成危機，相信這種事情每個人都一定遇過，結果不去理會，覺得是自己多想，後來眞的出現問題，直覺理論證明了人不能只是理性思考，經歷和過程都有可能產生非科學性結果，很多事情在現實中根本無法用肉眼能觀察到，所以就必須判斷之後可能造成危機的情況，假設那故事中消防隊長是個理性處理者，事發當時他就不可能照直覺去疏散隊員，因爲大家一定會認爲大火已滅就安全了，然而眞正的惡魔竟然還藏在各位腳下，我想在這裡跟讀者再說一次重點，世界上沒有任何絕對百分之百不產生誤差的事，請務必對自己擁有一百分的自信，但千萬別認爲處理事物不會出現程咬金。

遵循古代方法而成就事業不完全能用於現世，效法古人的學問不能夠制定現今制度，古代知識眞的值得令人贊揚，但因爲現在環境及生活方式已經跟過去相差甚遠，很多學問必須加以變通才能符合新型態發展，你可以在腦海裡模擬書本中的概念，然後套用在現在必須思考的問題當中，就像易經裡的本卦和變卦會隨著人事物而改變。

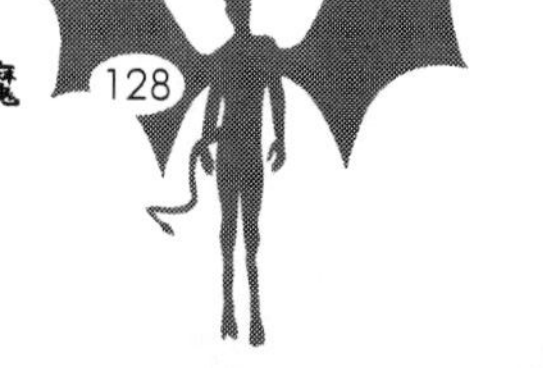

以前辦喪禮的風俗習慣現在也漸漸簡化許多，也像《禮記》裡說明了古代祭祀時，君子就一定要齋戒，這樣做事才會有禁忌也才能有限制，到了要齋戒的時候禁忌的事不能做，慾望也要禁止且耳不聽音樂，所以古書上說：「齋戒的人不舉樂。」就是要心中無雜念合乎正道，手足不亂動必然合乎規矩。

我是不曉得出家人有沒有像古人這般虔誠？但是要現代人在祭禮時注重這麼多禮儀，沒多少人會想要祭拜鬼神了吧！誠心是正確可是其他那些古老的方式和觀念，怎麼可能現在社會上還遵循著？大家忙著工作、休閒及顧小孩，已經沒有這麼多時間去按照原來模式進行，道德淺薄的人對祭祀本來就無動於衷，那樣的情況下要他向諸神祈求還有什麼意義？更不用說現在宗教信仰多元化了。

再來就是現在資本主義當道，就算是共產國家也是以經濟爲主，哪來那麼多人情道義在社會行走？古代智慧是必須拿到現代當成個人道德根基，讓我們比較能去分辨現實上的是非對錯，導正思維邏輯和觀念去減少錯誤，書本上教你怎麼養馬？結果你按表操課不去了解馬的特性，後來變成馬兒不吃草、養又養不好。

每個環境及個人都會有不同習性和癖好，不可否認科技進步使人的性格差距範圍擴大，更多傳統產業在以前用相同方式能致富，可是到了現在卻沒有成長反而沒落下去，甚至相繼倒閉，能留下來的一定就是會隨勢而變的改革派系，不管人類未來如何進化到無法想像的地步，只要不忘初衷就能在無常世界裡適應，就算時空背景轉變，其實一般的人性從古至今都是一樣思維，只要我們知道時代改變後人會跟著如何轉變就能抓住接下來的形勢。

第五章

人生是散文集結而成

見人不要說鬼話

對於勤奮肯上進的人，能用高深的言語來和他交談；而對慵懶不求進步的，則不能用知識來談論及相處，其實也等於是因材施教，並不是指一個人身份地位高低，對於傳授工作的教育學者而言，恨不得希望聽衆是越多越好，面對資質較高且求知慾旺盛之人，腦容量資訊越高他越是起勁，而一些資質較低又沒求知慾之人，說了聽不懂的話語他便失去興趣，所以要用循序漸進式慢慢開導，避免別人聽不進去還要糟妒忌，提出問題時也是一樣的方式，有人想創業去問個加油站員工，想買間房子跑去問汽車業務員，要追女孩子去求救母胎單身狗，難不成你覺得乞丐會叫你賺錢靠自己？

總之目標是什麼就該請教哪方面精英，不是逢好友就訴說困境詢問方向，有時得到答案不只不正確又浪費時間，白問就算了反而朝目標反方向遠離，但有些人因爲會損害到他的利益，所以可能故意說錯誤讓你失敗，更有時對他人的相勸，對方不僅聽不進去，還會懷恨在心，認爲你是在看不起他，那是因爲與我們認知較相同者，會讓對方覺得「他是對的」那種親切感，當認知及觀點不同時，反而會讓對方反感並產生厭惡的感覺，所以才有「話不投機半句多」這句俗語，就像小時候的我特不愛讀書，老師教課我就想睡覺，回到家要考試前母親在旁邊監督著，還不是用牙齒痛的姿勢硬生生撐在書桌上留著口水打瞌睡，裝睡的人是叫不醒的，而真的不想醒的人你同樣也叫不起來，熱臉別貼著冷屁股，不僅取不了暖還可能被放屎。

犯了錯大家都會看到，但因此改過了以後人們都會敬仰他，人的一生都一定會犯錯，不可能有任何一個出生到長大都不會犯錯的人，重點在於錯了之後有些是怪罪他人，說都是因爲某某人所以才造成這樣的錯誤，可是當初沒人拿刀拿槍逼你把種子放進土裡是吧！那可能是自己不好意思拒絕別人一再請求，再不然就是認爲這樣做對自己可能有好處，結果不如預期然後就找個理由好讓自己是對的。

其實大部份旁觀者都會去分辨源由，或許只是因爲不想戳破台階上補過的洞，每個人都知道其他人是不會自我反省，但就算明白這是多數自我缺陷卻選擇視而不見，這種想法很奇怪對吧？大家都這樣看別人，也都知道別人這樣看自己，卻還是在人性中保持所謂良好的有始有終。

有一位老先生總是喜歡生氣，不管是在家裡還是工作的時候，一點雞毛蒜皮的小事都能讓他抓狂，而且每次都覺得別人是故意惹他的，終於有天他受不了決定要想辦法解決這個問題，於是去了一間寺廟請教師父，師父聽完老先生滿肚子牢騷和苦水後笑了笑，請他跟著來到一間放著佛像的禪房，轉過身後就把門反鎖，將老先生獨自關在房內並且大聲放佛經，老先生憤怒的咒罵師父又不停拍打著門，任憑怎麼暴怒門外卻沒有一絲動靜，結果老先生開始拜託師父爲他開門，但門外始終沒有任何聲音，最後老先生竟也在房內失去離開念頭，不掙扎也不喊叫的獨自安靜下來，過了兩個小時師父來到門外，對老先生問道：「您現在是生氣的嗎？」老先生說：「我氣自己怎麼會來到這地方受罪？」師父聽後便又鎖上門離開兩個小時才回到門外，再次問老先生：「現在還生氣嗎？」老先生答：「不氣了啦！就算氣也沒辦法怎樣。」於是師父又轉身鎖門離去兩個小時，第三次來到門前詢問老先生說：「請問您如今還生氣嗎？」老先生答：「算了，不值得生氣來浪費時間。」於是便把老先生放出來問他感想，老先生說：「其實生氣是件很消耗自己的事，不僅會造成自我無謂的情緒爭鬥，更會將其傳染或影響身邊人，而且在氣頭上沒辦法思考其他事情所以這段時間是浪費的。師父回答：「很好，我相信您不會再爲了不值得生氣而使自己浪費時間又影響他人對吧？」老先生點了點頭便向師父行禮後離開了寺廟。

人每天都可能因爲某些事而產生情緒變化，或好或壞其實都有個因，但產生的果是沒人能替你承受，必須自己去消化的，人生苦短已經沒什麼時間了，又何必要浪費在不值得的地方呢？在世界上活著時間有限而且遇到不如意卻是無限，我們只能將自己的情緒隨時轉化至最佳狀態，你永遠不知道上天什麼時候會丟石頭下來？意外就像鬼一樣無聲無息，沒有盤古開天的能力就要懂得閃避任何可能造成傷害的禍源，別人怎麼做我們控制不了也無法預期，唯一能把可能的損失降到最低的方法就是學會控制自己行爲能力，要知道我們是人，而無形的鬼卻是人類看不見的。

做什麼要像什麼

到一個地方就該先打聽地方禁忌，至一個國家就該先了解文化風俗，而去別人家就該先問問別人有什麼忌諱？俗話說入境隨俗指的不只是地方文化，甚至職場、旅遊、學校及禮記所提的喪禮，但因爲每到一個環境或者別人家，都會有不同信仰及習慣上的差異，更可能因爲原生家庭或後天受到之經歷，就算雙胞胎也會造成性格不一樣的地方，像東西方中心思想有很大不同，不能將自己所認知生活方式，套用在每個人或者每座城市裡，或許你覺得是禮貌在別人心理卻感覺做作，而他人在乎的事情對你來說卻不值一提，其實這麼多禮節無非就是教導我們要先尊重對方。

網路上流傳著三把改變人生的鑰匙，正是接受、改變、離開，對待任何不同思想都要先互相接受，接受不了就必須有一方改變，然而最後還是改變不了就只能離開，地球上的人事物都是這樣進行著，說穿了就是兩個極端思想在拔河，要就反抗直到成爲遊戲規則開創者，不然就跟著大眾認命當個順從者，我們不得不承認世界眞的很大，但百分之八十的人只能繞著百分之二十的強者公轉，所以當我們是百分之八十的那群人時，請記得要去適應環境而不是環境去適應你，很多人努力就是希望成爲那些主宰者，可是現實有時會逼人放棄夢想而接受現實。

就像柏拉圖說過：「世界上百分之二十的財富，掌握在百分之二十的人手上。」如果你眞的想當那百分之二十裡的其中一個人，除了堅持更要充實自己的知識，除非天上掉餡餅下來到你家裡，否則能力跟財富是一定成正比的，想功成名就的人很多，盡力奮鬥的也不少，當決定好全力往前衝就要使盡全力，並且做好不成功便成仁的準備。

君子是用道德來與人相處，而小人則會無條件的寬容別人，這裡所說的範圍包含親情、愛情、友情，並不是越在意一個人就能更不管對方對錯，無止盡遷就用讓步來表達對其內心重要性，反倒是應該堅守自己原則和道德規範，來約束身邊的人使之更好，這比對一個人好而放任他來的有意義多了，但在要求別人時必須先嚴以律己，正人先正己才有說服力去使之信任，自己都做不到的事也別希望別人去做到。

正是所謂「己所不欲勿施於人」，我們也能換個角度去把這段話相反解讀爲「你想要的事物別人也同樣想要」，誰會在生活中不希望開開心心過每一天？相信努力活著不外乎是希望無憂無慮吧！其實現在的社會已經完全是以個人爲出發點，變成只要我喜歡有什麼不可以？根本沒有眞正的國家民族意識，但是氛圍是會直接影響公衆行爲舉止的，舉個例來說倘若我們人在新加坡，偷吃口香糖、亂丟垃圾等等這些會面對這些鉅額罰款的行爲，你在生活上的習慣還跟在台灣時一樣，那反而會覺得自己是異類對吧？因爲人都是寬容自己而嚴以待人，所以才需要法律來約束並鞭策民衆，靠自我提升來修煉是不可能改變人性本質，人的惰性遠比想像中更強而有力，

經典寓言故事「龜兔賽跑」，當中的兔子就是現實人民寫照，只要有點成績就想要休息，人爲自己可以很快達到終點，烏龜卻知道自己能力及速度比不上兔子，所以奮力往前行不敢有一絲懈怠，最後的結果大家都曉得，不可能贏卻贏了，而該贏的卻輸了比賽，我一直認爲台灣是隻兔子，卻在不該休息時放棄了一路勇往直前，後面有很多的國家是烏龜，卻正在一步一步往終點邁進，其實我們原本眞的很強的，但是自負卻因此導致社會及經濟不前進反而往後倒退，我相信每個人都希望台灣強盛，但眞正肯一起努力改變的有幾個？大家都想過好生活，怕苦怕累也怕丟了面子，這種自嗨性的鼓勵不會成長，可是我卻不知道爲什麼不努力的人往往是網路上那些最自以爲是的勇者，想當強者就要像強者那樣奮鬥，想當廢物就像廢物那樣擺爛。

從不認爲我是勇者，以前還一度覺得自己無能，但後來的我相信只有還有一絲氣息，只要我還會呼吸，總有天也能以成功者姿態走入人群，常聽人說「蓋棺定論」，意思就是不到死之前是不會知道輸贏的，現在不如人我認命，可是並不打算這麼快認輸，每當想起那段不堪的過去時，我就會默默在心裡向當初那些笑我的人說：「現在你憑什麼贏我？」我不是自負的臭屁，而是眞的覺得對付那些不在乎自己未來的人綽綽有餘，

或許你會覺得自己在乎，但前面說了那只能叫盡本份，就連努力都還算不上，要想分辨其實很簡單，就問問自己當有空閒時間時是用來休閒還是充實自己？。

這不是要你不能有自己的時間去發洩，只是可以證明到底在心裡期待的是什麼？一個不希望安逸的人不會浪費任何可以讓自己變強的機會。

一句諾言抵千金

口頭答應別人許諾的事情沒有實際做到，就會招致他人怨恨而使自己發生災難，所以言出必須三思而後語，畢竟沒有人會對騙子有好感，也不會希望跟沒信用的人交往，說到做到是教導孩子最基本的責任，而不是因爲想要得到某些利益開出空頭支票，承諾給人好處卻沒有兌現就會被人當成虛情假意，沒有任何人會去在意你到底是什麼原因？所以不要隨便答應請求或許諾他人任何事物，輕則失信於人、重招怨禍於身。

因爲正常狀態下在心理學上有種叫做「承諾效應」，但凡答應別人的就會想要去實現，就算後來知道這樣可能不對還是會說服自己，畢竟已經說出口在潛意識裡就想要做到，對於不喜歡欺騙且自尊心強烈的人尤其明顯，到頭來可能會想得到尊重而心不甘情不願去完成，或者是沒有做到成爲別人口中的心機鬼，甚至遇到城府小人懷恨及施加傷害在你身上，容易變成衆所皆知沒信用的壞蛋，然而這時我們可以換個方式思考，既然時勢把你變成口蜜腹劍之人，那從今後就別再替別人著想了吧！反正現實是就算你幫了人一把，不僅絕大多數換不到感激有時連句謝謝也得不到，而且世上眞的很多一次傷害抵不過百次恩的人，我自己也並不是懂得感激之人。

所以一定要避免成爲承諾下的犧牲者，也不要肖想他人因你幫助而銘記於心，重要的是有多少能力做多少事？像以前做錢莊時就有不少借款人是因爲幫朋友作保，朋友還不出來了，最後害自己成爲債務人，結果深陷借高利貸的輪迴裡，因爲不好意思拒絕而危害自己的不在少數，所以每個人都必須衡量自己的能力才去助人，並且要幫忙就別在意回報，期望越高失望越重，要做到承諾就別輕易後悔。

善於唱歌的人能夠感動人心，使聽歌者能一起合唱起來，善於教導的人能夠讓人懂得學以致用，並且照著導師的志向來發展傳承，這是一種鼓舞人心的技巧，二次世界大戰製造者德國元首希特勒，就是以演講方式開啟他的政治之路，而且他第一次煽動人心的演說只是在一間小酒館，任何能使人產生意境強化都是偉大的行爲，我也曾在網路上看過一段話，「成功的領導者其實就是人性觀察家。」

想感動人心重要的是要有個人魅力，不僅是言辭簡約具穿透力或行動具有深刻傳染力，還要會讓人不知不覺中受到其影響，最成功是造成洗腦般語言滲透思維，自然可以形成宣傳效果來達成催眠魔法，哈！這並不是看完哈利波特系列造成的後遺症，雖然所有行業成功人士都得具備專業演講技能，但卻不是說謊的技術，才能讓團隊充滿動力。

也就是管理心理學指的「鯰魚效應」，來源出自挪威漁夫爲了不讓剛捕到的沙丁魚，因爲回程的路途遙遠活動力下降導致死亡，會在船艙內放入一條鯰魚，使發現艙內有異族的沙丁魚不斷游動，大大提升了存活率，所以很多團隊用這種方式來提升競爭力，而其中的鯰魚人才也就是所謂領導型人才，這類人必須有強烈熱情原動力來支撐信念，並且具改變的企圖心想完成使命，敢做又敢承擔所有失敗的後果，能解決團隊中的問題使各自充滿活力，更能在競爭激烈環境使下屬產生良性鬥爭，觸發每個人的求勝意志來製造向心力。

哇！有沒有感覺我說的好像很簡單的樣子？不要想一些廢話好嗎？如果我懂的話還會在這裡寫文章給你們看喔！整天看網路上不是仇中就仇美看到都煩了，其實我真的希望乾脆辦個公投決定，要和還是要反就願賭服輸少數服從嘛！搞得跟喝酒划拳一樣，而且還可以養魚，基本的鯰魚都沒有任何人敢當敢承擔後果，想要尊嚴又想要別的國家重視我們，請問要犧牲子孫們爲未來戰爭做好奮鬥準備？還是要安逸生活捨棄國家尊嚴任憑別國放肆？能不能有個敢負責任的政治人物出來解決這問題？一個台灣分兩邊整天互相吵這些就能成長嗎？拜託！這是早晚都要解決的問題，花在這地方的時間可以讓我們重回亞洲四小龍了，否則不管怎麼選都是失敗者姿態沒什麼差別！

寫錯文章要擦掉

要想要求自己當個君子，就像出遠門時必須從自家開始往前行，又好比爬高山必須從低處一步步往上爬，有個目標在眼前時你會專注在未完成的事，當這些事物逐步完成後便會自然忘記，就像考試前我們會輕易將考題存在腦海，考完後再問你的話可能就把資料庫清理的一乾二淨。

這便是心理學上的「蔡加尼克效應」，意指相較於已經完成的工作，人們比較容易記得未完成或是被打斷的，有一男子上了一輛列車，在關上車門後開始環視左右乘客的臉，接著他開始問了一位乘客：「請問您今年二十六歲嗎？」乘客答到：「是的，不過您怎麼知道我的歲數呢？」男子沒有回答這位乘客只是對一位女士問道：「女士，您今年四十八歲了吧？」女士回答：「對啊！你怎麼會知道？」接著男子又別過頭向位先生問：「這位先生，您五十七歲了，對不對？」先生又問：「你怎麼知道啊？」他和車上的乘客一直重複這種問答，似乎只要看到別人的臉就能知道他的年齡。當問到了這節車廂的最後一位女子時說：「請問您是四十歲嗎？」那名女子微笑著回答：「啊，是的，不過過十二點我就四十一歲了。」看到這女子笑臉和他的回答，男子忽然臉上一陣烏雲吹過感到羞愧。

各位是不是把這篇沒有重點的文章看完了呢？就像是沒有結果的愛情還是會讓人想要接著繼續愛下去，或許是好奇心驅使，也可能是爲了完整吧！有時候一件想達成的事情一旦開始，就不希望沒有結局而持續下去，但是也有人否定這種定義，認爲這純粹因爲人的自然反應就是如此，但不管到底是心理作用還是自然動作？倘若是對自己好的事情，我們務必要持之以恆，可是明知繼續下去會影響到自己，那繼續下去的話不就像個賭徒一樣，明明知道結果是不好的還要執迷不誤。

通過學習才瞭解自己知識不足，經過教導別人而知道哪些事會感到困惑，只有通過輸入和輸出才會自強，學到知識是要拿來用在生活中的，因爲只有在實踐才能發現問題，並且經由身邊觀察別人的優點和自己的缺點，尤其在和你擁有不同共識的角色身上，可以達到從另一個角度發現別人是怎麼看你的？

就像我最近又在學校發現了一些值得學習的人，然後腦中就會突然覺得自己怎麼又那麼弱？哈哈！這樣表示我又想變更強了，想想年少無知時的那些荒唐日子，是在比誰能夜夜笙歌？誰更能在平凡日子裡花天酒地？彷彿越糜爛就自以爲更有魅力，天啊！根本就是誰比誰爛誰就贏的概念。

那時候不懂社會上一山還有一山高，曾經我認爲身邊那些比較厲害的朋友，現在在學校這個環境裡有些更恐怖的，就目前看來就好幾個身價千萬級別，對我來說是像天一般難以超越的高度，而那些金字塔頂端到底又會是怎樣的呢？

有個小偷在賣場裡盯著一頭包著托特包的獵物，在人潮擁擠的時候小偷決定出手偷他的錢包，翻找片刻後並無任何收穫即將離去時，小偷後面出現了一位穿著簡陋的老婦人，輕輕的在小偷耳邊說：「別忙，他包裡所有值錢都已經在我身上了。」這時小偷連忙把婦人拉到一旁詢問：「前輩，請問您是怎麼從那麼的大包裡輕易將錢取走的？可否教教晚輩？」這時婦人告訴小偷說：「這還不簡單，只有這次機會你給我好好學著。」突然大聲的叫道：「老公，有小偷要偷我們的錢你趕快把他抓著。」然後指著小偷告訴他：「我不是你前輩，我是他老婆，懂嗎？」接著一旁有人報警後便團團將竊賊圍住等待警察到來。

這故事不僅告訴我們人外有人、天外有天，更表達凡事不要投機取巧，就像現今很多年輕人選擇做詐騙或車手，甚至被騙去國外受人蛇集團控制，本來想要輕鬆賺錢的卻成為受騙者，這些人早晚會踢到鐵板，到時可就痛不欲身了，反之你以為的同伴或許是隻披著狼皮的老虎，等其露餡就將你繩之於法，所以我們平時更該注意身邊環境的情況，不要什麼都無所謂的樣子，有時候危險就在身邊我們卻渾然不知。

自滿會自掘墳墓

富貴會產生驕傲和奢侈，疏忽會引發災禍和戰亂，因爲有錢了以後物質生活上的滿足，提供給精神方面賦予所謂優越感，從而產生出高傲心態，但不是說自負之人都富有，我就曾經窮到目中無人的地步，覺得反正也什麼東西可以失去了，爲什麼還要迎合他人來過自己的生活？後來又有瘋狂購物慾來發洩情緒，只要花錢就感覺心情好一些。

這就是爲何女要富養、兒要窮養？女兒富養有驕氣長大才不容易被男人左右，男孩子窮養出社會才不會驕傲奢侈，成爲棒打出頭鳥的人人眼中釘，而且幾乎所有惡習都是經由滾雪球方式，並不是一次就形成無法自控的行爲，越滾越大才導致無法預期之災禍，「羅馬不是一天造成」是形容帝國形成，也可以說明人的性格習慣也不是天生就這樣，相對惡魔也不是打從娘胎就是犯罪人格，我們大家都知道蓋間大樓需要很長時間，可是倒下卻往往只需要短短幾秒，常常都是長輩因爲工作而疏忽到孩子變化，小孩慢慢累積在心理跟環境造成的負面影響，壞習慣必須在根還沒萌芽時就趕快除掉，否則長成大樹就很難連根拔起了。

小至個人大至整個國家觀念，其實都是這種方式慢慢在社會中淺移默化，漸漸主導著人民對自我認知產生的影響，所以我們應該凡事都防範於未然，觀察事物背後可能發生的變化，《孫子．軍形篇》裡有說到「故善戰者，立於不敗之地，而不失敵之敗也。」用在現實面上的意思是，善於認真對待生活的人，必須讓自己時時有著危機意識，同時也不可不注意到任何會犯錯的可能性，在我們讀這些古代人的名言時，要學會把這段話語的含義融會貫通，將此試著套用在別的地方，想想看是不是可以產生不同的想法？等你能用多角度觀察事物背後所產生的微妙時，那就代表各位慢慢脫離用主觀意識去思考的困境，而能用他人角度去看待傳遞事物的本質方，回到這篇文章開始討論重點做結尾，別等到孩子變壞了才想救，感情變質了才想要挽回，及時止損是任何事情不造成失敗的關鍵，就像股票跌了你會不甘心然後又加碼希望可以贏回來的意思，凡事不要用直覺而請用心感受。

船要順乎水的規律才能浮起，若不照著水的規律就會沉沒；君主能順著人的期望才立於不敗之地，失去人們的期望就會處於危機之中，常聽到水能載舟、亦能覆舟：本意舟是指君王、水指人民，但我在此認爲大家應該把舟當成自己，而水卽爲身邊環境和相處的人際關係，爲什麼船會浮在水上呢？原因是船的密度（表面積）比水的密度輕，所以才會浮在水上的，反之船密度高則會下沉。

表示一個人想要成功必須時常將負面情緒淨空，並且不能把自己看的太重要，這樣才能保持著讓船繼續前行，當覺得負載太多重量時請記得別放棄，思考過後把不必要的東西捨去，畢竟人的時間有限，因爲在我們看不到的地方也有很多人，爲了朝同樣方向前進而默默忍受著痛苦。

在《韋瓦第效應》這本書裡有說到：「社會瀰漫著黑人智性能力不足的刻板印象，黑人學生感受到此刻板印象，產生不利於表現的壓力。」就是這種先入爲主造成社會對更生人印象，也影響著很多自食其力身心不健全的孩子受到歧視，其實我們應當把自己當成君王，也就是航行的那艘船，要在對待事物看法上讓他人比自己重要，畢竟只有船是走不遠的，必須要有一群人的幫助才能在大海乘風破浪。

這種心理學上的「刻板印象威脅」，在我們這種窮人家孩子裡特別明顯，很多人談到前往成功或學問的道路上經常說：「這不是我們能接觸的世界。」但更多人忘記了正因爲我們生來就沒負重，所以船能划得更快也更能訓練自己的耐力，可是許多人在還沒開始航行時就放棄嘍！歷盡艱辛更比嬌生慣養能有韌性，只有自己能決定要前往什麼地方成爲怎樣的人？所以別讓世俗否定成爲定義未來的證明，推翻這可悲觀念一路向前航行吧！

好了傷疤別忘了痛

以從前發生的事作借鏡，來當成往後行爲的準則，戰國初期，趙國臣子張孟談爲趙襄子獻計，與韓、魏兩家合力滅智氏後，便辭官歸隱前說的，從古至今君臣無法共享權勢，這樣做的並沒有過好結局，功高震主容易權慾衝心，將導致以下犯上的行爲，君主昏庸無能只懂享樂，便使臣子篡位以勢奪權，最終不是政變或被滅門，但歷史貞沒有所謂假設，世界也沒有百分百正確，我們只能從中做是非題，任何事情我們都能從過往經歷，來獨立思考可能發生的結果，然後選擇傷害最輕的決定。

獅子大王生病無法獵食對狐狸說：「平時我待你不薄，有好吃的都分給你，你能幫我弄來肥美可口的食物嗎？」狐狸拍了拍胸脯：「您放心，包在我身上。」狐狸正好看見一頭公鹿在吃草，於是清了清嗓子滿臉賊笑地對公鹿說：「您這對堅硬的角使您襯高大威嚴，難怪獅子大王看中了您當接班人。」公鹿聽了這些話當然不會輕易聽信狡猾狐狸講的話。

狐狸接著說：「獅子王病重，需要您趕快去接下王位。」公鹿瞧了狐狸一眼問：「哦？爲什麼？」狐狸說：「森林裡沒有像您這樣好脾氣又有著強壯體格的了啊！」公鹿聽了狐狸這番話突然覺得狐狸是多麼的眞誠啊！想一想自己的優點眞不少，想著想著公鹿信心十足，彷彿看到了自己當國王的樣子，然後跟著狐狸走進獅子的山洞。

公鹿正要開口問候時獅子卻撲向公鹿，公鹿嚇一跳趕緊逃走，獅子懊惱極了，請求狐狸想辦法再把公鹿騙來，狐狸只好對獅子說：「您放心吧，我會想辦法的。」沒多久狐狸就在青草地裡看見公鹿，狐狸吸了口氣抱怨著對公鹿說：「您怎麼那麼快就跑了呢？」

公鹿氣呼呼對狐狸吼：「我差點被你害死你還敢來找我？」狐狸嘆了口氣說：「獅子只是急著請您接下王位，這麼膽小眞是可惜，獅子王說你不願意接下王位，牠就讓狼當王了。」想著白白拱手讓狼當王，豈不是虧大了？公鹿的懊悔自己剛才跑得太快。狐狸說：「快走吧！現在還來得及，狼根本就比不上您。」公鹿跟著狐狸再次拜見獅子，當然這次獅子使盡全力撲向公鹿，還沒等公鹿反應過來就已成爲獅子的食物了。

爲人父母疼愛孩子是一定的，但要爲孩子未來而打算不能只顧眼前，戰國時期秦國攻打趙國，有位臣子觸龍遊說趙太后，因爲趙國存亡之際向齊國求救，齊國開出以趙太后小兒子長安君做人質的條件，但母親又怎麼會讓孩子陷入危險之中？於是左師觸龍見面之初先向太后寒暄幾句，等太后情緒緩和後便說道：「您讓長安君地位尊貴並賜予豐衣足食，卻不知道讓他學會承受苦難，若哪天您不在了拿什麼說服衆人聽令於他？」而後太后便答應使長安君至齊國當人質了。

其實這段小故事正反應著現今社會，父母對孩子的溺愛不能使他們眞正成長，應該設身處地爲將來做打算，雖然每個孩子都是父母的心頭肉，沒有人會希望自己小孩受苦難，但其實狠下心來才可眞正讓他們成長，越是成長經歷不好的孩子，通常長大後就會有更強的韌性去適應未知的世界，但也怕在成長過程中學壞變成爭強好勝的小流氓。

可是我們並不是要故意讓他們過不好的生活，而是從小讓他們學會對自己負責，因爲出了社會就沒有父母能時刻保護著，除非打從心裡就覺得自己孩子不是可造之材，或者是想證明自己疼愛孩子讓別人看，那就只能祈求過程中沒遇到什麼困難吧！可能有人會說只希望孩子能平平安安過完一生，但平安就不用出社會工作來養活自己嗎？不用離開家庭的保護傘去接受歷練嗎？

連神明也只能保佑而不能肯定人會一生平安，不懂有些家長是異想天開還是不願面對現實？覺得對他好就是讓他少吃點苦頭沒錯，但是老天的考驗人人都有而且必須承受，希望他好又不想他吃苦，不就是要馬兒好又要馬兒不吃草？責任是教育層面裡最重要的一課，讓孩子從小學會承擔本份該完成的事，犯錯以後該承擔後果，而不是永遠都是父母在後面擦屁股，誰不是望子成龍、望女成鳳？吃得苦中苦方爲人上人，這樣長大才有能力在成功時承擔榮耀時所帶來背後的心酸。

短短數十年的人生就算拼了命在歷史上留下腳印，到最後也只能是往後書本中的一個名字，直到現今有多少英雄能成功使自己爲後世所景仰？又有多少人因爲嚮往成就而沉睡於罪名之下，其實功過成敗都只隔著一道牆，有人被崇拜也就有人被唾棄，萬丈紅塵中世間所有愛恨情仇刻畫出屬於自己的樣子，而我們都只是曾經在世間的藝術品，好運會被保留下來供後代欣賞及探討，其他的卽使是自己祖先也終將被遺忘，就像你問我爺爺的爸爸是誰？不用想我都只能回答出：「曾祖父。」其餘一切大概除了姓名全部回答不出來，並不是因爲我不重視家族，而是除了家大業大能使子孫不用爲生活煩惱的那些人，他們自然必須了解祖先是怎麼光宗耀祖可以讓其過上這樣日子，或許因爲責任所以才重視傳承，否則一般來說根本沒人會去一代傳一代的功頌豐功偉業。

卽便是我們戰戰兢兢過生活的一輩子，其實也只是在人類文明世界裡的一小段曲子而已，地球不過是太陽系八大行星之一，更不用說包含銀河系及其他我們還未探索到的區域，所以根本無法想像宇宙到底有多大？還有其他星球是否有我們已知以外的生存種類，誰也不敢保證會不會眞有那麼一天人類以地球之名要跟浩瀚星河中其他星球爭鬥？可能會出現電影中那些恐怖的異形與人類打仗，但我應該早已不在這個世界上或者輪迴幾十幾百次了吧！

社會催眠效果

士人樂於爲信賴自己的人獻出生命，女子樂於爲喜歡自己的人打扮容貌，戰國時期晉國俠客畢陽的孫子豫讓，起初在範氏、中行氏做官時並沒有受到國家重用，後來投靠智伯後才得到高官俸祿，但最後智氏卻被滅國，而後韓、趙、魏三國智伯的土地給瓜分了，而且趙襄子把智伯給殺了，豫讓於是說出了標題這句話，並計劃爲了智伯而展開的復仇，到最後失敗因此自伐而死。

心理學上有種叫「安慰劑效應」又稱「比馬龍效應」，是利用人類期待心態使他人的思想信以爲眞，可藉此來控制其行爲，舉個例來說「你拿顆維他命給一個失眠的人，然後告訴他是這是安眠藥，並叫其吃完不要想事情，結果被實驗者竟然可以安靜睡著並相信吃眞的是安眠藥。」

因爲期待能改變大腦所產生化學效應，進而使身體接受了期待的訊息，因此期待這種虛構理論可以很好的利用在生活當中，例如讓相愛的兩人往有正向結果努力而產生更多期待，結果彼此竟然會更在乎對方，我們常給孩子誇獎，並告訴他的未來一定能很棒，那麼他便會莫名在潛意識裡產生動力想去完成課業，而且變成更有責任感的乖孩子。

相反無法控制的期待則會使人喪失信心，假設你答應孩子十八歲就送他一台汽車，結果當他十八歲時卻失信了，那他在心理就會產生不平衡心態，又或者相信他人未來某支股票一定會大賺，這種對物質上的期待一旦失敗就會造成反效果，所以不能控制實質利益的範圍內就不能使用這種心理效應，就像樂透再累積一些獎金後網路上就會出現很多說什麼生肖什麼星座今日財運旺，是最有可能中大獎的文章，也有什麼多少機率是開啥號碼之類的神算出現，千萬不要期待這種鬼話會成眞，他們就是利用人性弱點先爲你帶來希望，如果你相信了就一定會失望。

計謀泄露出去事情就不會完成，做事猶豫不決就難以功成名就，矛盾的是心理學研究顯示想做的事說出口，反而會提高自我實現的成功率，但商業機密和政治機密是不能說出去，一旦消息公諸於世便會使對手輕易破解。

心理學上有種效應叫做「布利丹效應」，十四世紀法國經院哲學家布利丹，在議論自由問題時講了個寓言故事：「一頭餓驢子站在兩捆相同的草料中間，可是牠卻猶豫著不知道先吃哪一捆好！結果在思考中餓死了。」

其實這是不可能發生的故事，只是強調人性選擇障礙時會變得焦慮，而做完選擇後更有機會出現後悔的想法，古希臘哲學家蘇格拉底說過：「人生就是一次無法重複的選擇。」所以需要果斷爲自己做出不後悔的決定，因爲有所得就一定要捨這是不可能改

變的規律，任何事物都要在得到和失去之間相互進行，不可能把所有想要的人事物都擁有，我想這就是老天給每個人一天都是二十四小時的原因吧！

當你發現時間真的不夠用、金錢不能滿足，想要學英文又想練音樂可是還要上班賺錢，想要買皮包又想買褲子可是只夠買一樣時，就要試著簡化選項並且想清楚目前重要事情，才能在有限時間裡找出最適合自己努力的方向，避免方向錯誤那就白費了心力，或者在付出了後得到結果卻發現不是你要的，在得到的同時會失去什麼或造成哪樣的後果？這些過程都需要我們冷靜去思考過後才能得到參考，而且這些思考非常需要智慧，這也能幫助我們分辨是需要或想要？才不會在兩難之間造成自己因此停下腳步，最後像驢一樣在抉擇中活活把自己餓死，記住「魚與熊掌不可兼得」，作人別想著通通都要，一定要有先後順序，不可能事事如意把願望都實現，人生就是不斷選擇然後再不停失去，在過程中學習並成長，世界那麼大總有幾個天選之人是人生勝利組，或許我們也是，但在此之前先衡量自己才不會自不量力，像我一樣最後什麼也得不到。

總會覺得自己現在這副德性還是不要見人比較好，以免人家問我住哪？現在做什麼工作？其實還真會感覺到底我是怎麼混得現在這個樣子？好像老鼠爬上神桌結果跌落神壇後趕快跑走，說實在有時根本就沒有跟人溝通的勇氣，雖然我還在努力向前進，可是到了一定年紀時或許成就才是一個人走路時抬頭挺胸最大的資本。

我們必須在有限的時間告訴自己：「就算現在過的不好，但只要不放棄總有一天我能翻轉未來。」就算老了還是不能對人生失去熱情，活到老學到老，只有這樣才有機會在有生之年不留遺憾，因爲想要的人生我們盡力去試過了，如果有下輩子至少在輪迴的時候是笑著的。

一個和尚有水喝

爲人子女使用不正當管道謀取錢財，家庭必定會因此混亂，做臣子的用個人私名獲取利益，國家必定會受到危害，做人不可能一輩子都是自己生活，勢必要進入團體去體驗人生，在一般情形下當人數變多時，產生的效能應該比一個人時還要大，但一個人在團體中時的付出，會比只有一個人時還小，例如人在團隊運動時的力量比單打獨鬥時還小，這種群聚能力降低的現象引起了心理學家好奇。

一九七九年，三位心理學家拉丹、威廉斯與哈金斯共同發表了個研究，發現當要求一個人單獨吶喊時的音量，會比他在團體中跟大家一起吶喊時大聲，就像看演唱會時一定比你個人看到偶像時，想要發出來的聲音還要小聲，這種的現象就被叫做「社會性懈怠效應」。

山裡有間寺廟沒有水井，必須得從山下的小河去打水上來，廟裡開始時只有一位小和尚，他每天清晨就會開心到山下挑水，沒多久又來了一個小和尚，原本的小和尚就不願意下山挑水了，第二個小和尚也不願獨自去挑水，最後只好兩個人一起去才有水可以喝，過不久又來了一個和尚，結果這三個人誰都不願去挑水，然後寺廟裡就再也沒有水可以喝了。

換句話說當團體裡有個人想要利用投機取巧，那就會導致第二個不願付出辛勞的人出現，久而久之必然會對其他人產生不平等態度，結果就是大家都想要用相同方式來達成目的，那麼一定造成效率低落而遇到事情爭相躲避，誰也不願意扛起責任而與大家分享成果，這種尤其會出現在職場上的負面效果。

其實當每個人都能無私的對待別人，那正面的力量就會傳染給身邊任何人，自私的人到最後就會自動選擇離去，因爲誰也不會丟餡餅給那種只想不勞而獲的對吧！

一百個人抬著一個瓢向前跑，不如一個人拿著它跑更快到達目地，一群人走得遠一個人走得快，假設你今天是位公司領導需要派人執行項目，不要認爲每件事都需要很多人一起才走得遠，反而會浪費人力只爲了讓場面壯觀，有時你需要的只是走得比別人快，社會是一個複雜環境擁有各種不同價值觀，而當團體產生時就會人多嘴雜，小組通常最容易達到共識爲三人，人數越往上升的團隊向心力會越低，因每個人都想展現獨特風格和思考勝於他人，更有人不喜歡接受別人好意見，就只是爲了要突顯自己，這時候就該由自己判斷哪些是好建議？

古代有位進京趕考的秀才，一天夜晚睡覺時做了個有三段故事的夢，第一個夢是在家裡的牆上掛了燈籠，第二個是大太陽他還打著傘往山上走，第三個夢是夢到有個女人脫光衣服和他背靠背，於是秀才隔天就找到算命的解夢，算命搖著頭對秀才說：「你想想，牆上高掛燈籠不就是自找苦吃？大太陽打兩傘不是多此一舉嗎？女人脫光卻只跟你靠背就是看得到吃不到。」秀才聽後便準備收拾包袱打道回府，這時客棧掌櫃覺得奇怪就問：「不是後天才科舉怎麼今天你就要回鄉了？」秀才同樣跟掌櫃說了夢境，結果掌櫃跟秀才說他也會解夢便解釋道：「你一定要留下來考試，牆上掛燈籠不就是高中嗎？打傘往山上走是說不怕風雨步步高升，跟美女脫光了背靠背是遠在咫尺近在眼前。」秀才聽後認爲很有道理於是更勤奮參加了考試，最後居然還中了個榜眼，有些路你必須一個人走才能快一點，設想此秀才在發憤圖強時選擇跟朋友談天論地，豈不是浪費時間影響知識吸收。

在這裡分享一個經典的傳令兵方式，成吉思汗戰爭時總會有特殊偵查團隊，並在沿途設置驛站訓練驛遞夫，當發現敵方動靜或任何有相關訊息需立馬傳達時，驛遞夫會乘馬於馬脖子懸掛鈴鐺，將身體綁於馬鞍上吃睡不下馬，以飛快速度到達驛站，驛站聞鈴響即備新馬以換馬不換人趕路，可於二十四小時趕奔四百里，就靠著此強大的網絡傳達鏈，一代天驕及其子孫成爲史上最強帝國主義征服者，在五十年間先後滅了四十多個國家，征服七百二十多個民族，佔領了高達當時人類五分之四的領土，是二戰時期希特勒的三倍半之多，雖然時代背景不同但我相信有些事，並不是像媒體訪問政治人物想要流量什麼都問？政治人物也不該什麼都對著大眾講，底牌全都掀光了是準備玩全民梭哈嗎？給了敵人不攻自破的機會。

第六章
用行爲觀察心理

明人不被外表欺騙

君子不會因爲一個人說的話好聽就推舉他，也不會因爲一個人的德行不是很好，就把他說的建議都當做無意義，其實大多數人都喜歡聽好話，沒有人喜歡被否定的感覺，所以受到誇獎時會很開心，常常會下意識認爲對方很欣賞你，更不自覺相信對方是好人，只可惜「天欲其亡，必令其狂」，所以當身邊常出現阿諛奉承之人，而自己又信以爲眞時，證明你已經準備要被剝皮，「好人嘴賤，壞人嘴甜」，很多人說壞人是不懂得禮貌，我個人倒覺得這裡指的賤跟甜，並不是說話傷不傷人？而是說的話是否別有用心？有人就是粗枝大葉，一根直腸通肛門也不管什麼禮儀，你覺得他嘴裡吐得出象牙嗎？

把快樂建築在別人的痛苦上就不同了，那種喜歡拿人缺點開玩笑的，就是眞的不在乎你的感受，但若肯犧牲別人對他看法，從而說出不舒服的話語，或許使我們更該靜下心思考，記住這世界沒有所謂對錯，除非殺人放火作奸犯科，常看到很多電影及電視劇，那些眞正有野心不甘屈人下者，都是在主子身邊聽話且不吭聲，不然就是馬屁拍盡使君主墮落，然後最後關頭幹掉老大做老大。

人的潛意識裡會自動把個人本性融入主觀，在你認爲對方是好人時會把它說的話歸爲有益，相反則會有其他遐想，然而君子是不會使人對自己投所好，進一步的催眠主事者思維，所以必須完全信任自己，而且讀懂他人的用意，有時候大善若邪、大邪若善，常說僞君子比眞小人更恐怖，不只在現今社會，甚至古代也有很多爲了自己能夠高升，根本不是爲了團體著想的歪嘴和尙，所以有時我們討厭那個直腸子的人可能就是正人君子，穿西裝可能是毒販，做慈善也會撿破爛。

凡事聰明的舉動別人是可以做得到的，但是裝傻這種事別人就做不到了，這句話是形容春秋衛國卿寧武子的，孔子更對寧武子充滿好的評價說：「當國家有能力時他能充分發揮自己聰明才智，而國家混亂時他就退居幕後處處裝傻等待時機。」其實這樣的案例在古代非常多，不只是在官場、商場甚至學術教育界。

中國著名學者林格在他的著作《教育是沒有用的》裡有說道：「造成目前教育障礙最主要的原因在於，教育實踐在孩子面前以赤裸裸的形式進行，而孩子的本性是不願意感受到有人在教育他的。」最近在我兒子身上表現越發明顯，或許是要叛逆期了跟他說要記得他就偏不記得，從左耳告知他立馬給我從右耳輸出，常常把我氣到想把他倒立綁在牆上，再來個降龍十八掌外加打狗棒法伺候，做父母的怎麼可能做到子愚父不急？使我不僅懷疑是否眞的需要換個方式來試試？

有個故事叫無聲的教育，「從前有位禪師一夜晚在禪院散步時，發現院裡出現張椅子靠在牆邊，他馬上懷疑是不是有小和尚要違反寺規？禪師立馬悄悄移動到椅子邊挪開椅子後蹲下，過一陣子真的聽到牆外有騷動，結果有位小和尚從外牆翻入寺內，在黑夜伸手不見五指的情況下，不知覺踩著老禪師的背跳進了禪院，落地時才發現剛剛踩的不是椅子而是師傅，小和尚頓時驚慌失措張口結舌，無奈的呆在原地等待師傅責備和處罰。」但最後師傅並沒有責怪他反而用平靜的語氣說：「夜深人靜不要吵到別人，快去睡覺吧！」

從這故事可以告訴我們，並不是什麼事都要用強硬手段去化解，在社會上有許多事情能用裝傻去解決問題，畢竟伸手不打笑臉人不只可用於做錯事的人，做領導也能適時發揮來代替責備，但千萬不可以把放縱理解爲大智若愚喔！否則造成沒人站在你的角度想不打緊，最後發了脾氣還變成是你不夠大度，等善良在他人眼中定型以後，你的不體諒就會是個邪惡的過錯，相信很多人在感情受過背叛、否定，甚至拿熱臉貼冷屁股，但這些不平等對待其實都是自找，既然在別人眼中的我們是這麼自私而且不會替人想，何必低聲下氣去守護又不被珍惜，不是沒有情緒只是希望我在乎的人不要生氣，你可以過你的陽關道，我也能去我的獨木橋，記得別讓心軟成爲他人犯賤的資本，好脾氣要留給捨不得你難過的人。

想像總是美好的

「裡仁爲美，擇不處仁，焉得知？」出自《論語．里仁》翻譯有二：其一（內心達到仁的境界才是最美的，行事不能以仁爲主又怎麼能算有智慧呢？）；其二（和仁德的人住在一起才是好的，如果你的環境不是跟有仁德的人怎麼算明智呢？）

不論這句話代表的意義爲何？重點在即使泥沙俱下也要蓬賴痲直（不在好環境也要學當個好人），我們來講《千字文》的一則小故事「墨子悲絲」（墨子是我國春秋時的哲學家、思想家），有一次他要回家時路過一家染坊，在門外看見染工們將白色的生絲放進染缸，拉出來就變成各種顏色的絲布了，見到白色絲布被染上了五顏六色後的墨子，感嘆著人性也因環境會擁有不同的性格，然後難過的說了這句話：「這些絲綢本來都是乾淨純白的，但放入了染缸後就會產生使顏色產生變化，這跟人的思想不也是一樣的嗎？人在出生時也都是潔白無瑕的，但居住環境影響到了思想的判斷後，就有善惡之人的分別了。」

小時候我很愛玩，總覺得乖學生很呆傻，看起來就白痴白痴很像個沒頭腦的樣子，所以就喜歡跟鬼靈精怪的朋友混在一起，結果長大後發現眞正白痴的是自己，人家都成家立業了我們還在爲生活掙扎，假使當初選擇不同的環境來成長，現在我說不定是某上市公司董事長了對吧？

幻想永遠是美好的而且不用付任何費用，而且可以任意選擇自己的成就很爽，但是和現實落差是完全相反的結果，就像小魚兒和花無缺是在兩種不同環境成長（絕代雙驕的兩位主角），花無缺我們自然是當不成了，但詭計多端的善良大壞蛋江小魚，因爲自小被惡人谷的惡人所教導，學習方向自然不是正道，雖然他是很多社會正義人士所厭惡之人，可是在邪惡的外表下他仍然選擇保持內心良善，或許正是現今社會眞正需要去學習的。

我們可以先從各自角色去探討，所謂位置不同看事情角度就不同，人人都有不可言喻的心酸無奈，並非每個人都能認同他人行爲模式，但我眞的很討厭否定別人目標的人，因爲自己沒信心就認爲有夢想是異想天開，我都是希望身邊的人野心大一點，但身邊的人都覺得我想一些不可能的事，如果用難聽的話來說我們以後絕對不同檔次，一般人都會做到的機會還能輪到你去發達？就算是相同角色背景不一樣就會產生不同想法。

從心裡學來說就會有「專業曲解」，小明有天參加了場高中同學會，當大家聊到起勁時老婆打了電話過去，小明到外頭接電話時同學們都在猜測，做醫生的說：「應該是人不舒服。」銀行員說：「可能家裡要用錢。」徵信社的問：「會不會是小三打來的？」老師說：「吵架了，我要不要去幫忙勸說？」做廚師的則認為是老婆肚子餓想吃東西，反正一通電話就造成大夥的議論紛紛，結果小明回來後說：「老婆問我幾點回家？」根本就是一群神經病無誤，人家喝湯旁邊的在喊燙還沒一個猜對。

常聽到說：「當你想做任何事時，還沒達成時別告訴任何人，因為他們不只會否定你還會毀滅你的希望。」所以千萬別跟沒有理想的人談理想，到最後可能變成如何好好活下去？但達成理想的會教你怎麼一步步往上爬？尤其站在一樓不可能告訴你十樓風景有多美好，他們看到的只有一樓周圍環境，其實遇到否定和摧毀你意志的人就隨他去吧！只要相信自己能完成心願就可以了，這是每個渴望成功都會遇到的事情，在人生旅途每個人生長環境不一樣，過程中有人好運可以有後盾，而一般人只能自己默默耕耘，也只有家人會對我們無私付出，雖然有時候家家有本難念的經，但他們總會想辦法替我們解決問題。

但社會上就會有很多不同情況發生，倘若你不是扛責任的人就別說有責任的建議，尤其越處高位時越要小心謹慎，一謀錯誤政令卽可使一城牆倒塌，要知道大多數都是將錯誤怪罪他人，所以做好本份內的事就好，有時候你的熱心會被當成傻子卻到最後才發現，顧好自己親人才是有能力的，當你有天需要幫助時不會有任何人出現，反而離去的更多一些，老母雞長期下蛋因此產道鬆弛，生出來的雞蛋比較大且水分多，沒有年輕母雞下的蛋來得營養，雖然外表看起來比較小顆，所以雞的老婆婆生不了好蛋，叫我們沒事就別太雞婆，很多狗會咬呂洞賓。

往而不來非禮也

人際關係注重在禮儀的往來，我往你的方向去而你卻沒回來看我，這就是不合乎禮節；或者只有你來找我而我卻沒有去找你都是不合乎禮的，別人幫你忙一定需要會花費時間和心力，成功的人際關係能做到兼顧雙方角度，想要維持好關係鏈必須順從這種規則，並且清楚知道對方有沒有意願往來？

其實我個人覺得這樣做人好麻煩喔！用錢可以解決就單純點何必這麼多（眉角）？但這些卻都是成功必須了解的手段，當自知沒辦法回禮就不要心存佔便宜的心態，更要在尊重與理解中體諒各自難處，單方面的付出會使給予方感到無奈，接受方有時會變成理所當然而沒顧慮到對方感受，其實這就是社會關係的遊戲規則。

像我以前都覺得出外就是有錢的出多點，直到這幾年才發現「親兄弟必須明算帳」，這種相處方式才能避免很多不必要閒話，因爲人總是喜歡炫耀自己對他人好，我自己也不例外，並且會將自己對他人付出述說給第三者，而用一傳十、十傳百的速度擴散至交友圈，殊不知說者無心、聽者有意，流言蜚語就因此毀掉一個人的人際交往，謠言止於智者這句話是沒錯，但又有多少智者會停止宣傳謠言？

妙語如珠的三姑六婆倒是滿街四處跑，多的是人用謠言製造對立將敵人毀的體無完膚，凡事對自己謹慎點才能讓別人少找理由攻擊，千萬別認爲眞正好朋友可以無話不談，好的時候陪你上刀山下油鍋在所不惜，關係變質了後怕你活著傷害他的名聲，因爲知道雙方最多事就是當初最好的朋友，背後被插刀或許自己都不知道爲何而來？很多人失敗到頭來才知道是以前所謂難兄難妹在外面使你敗壞的，也許有些看到會覺得自己跟朋友交情那麼好怎麼可能？古人說的知人知面不知心啊！多聽死人生前言，不吃悶虧在眼前。

《中庸》以誠爲主旨是道德最崇高的境界，也是人性最難執行的行爲標準，強調過猶不及都會遠離公平客觀的角度，所以面對事物進行必要聽取正反兩方的意見，中爲淨空、庸爲使用，代表先把自己所知的土壤清空才能放新種子。

眞誠是萬物的起因和結果，不眞誠就什麼東西也得不到，所以任何有修養的人做到眞誠才是最難能可貴的事，無論私人感情或是在工作方面，大家都會選擇跟誠心的人交往，而不會選擇和虛情假意的人相處，比較不用擔心自己受到欺騙和背叛，做朋友或同事也可以放心把事情交給他。

這裡跟大家說個佛教裡的故事：釋迦牟尼佛有名弟子叫作二十億耳，有一次他誦經的時候很悲切激動，釋迦牟尼佛聽到後問他說：「你誦經時的聲音聽起來有很多煩惱，為什麼會生起這些煩惱呢？」二十億耳尊者說：「我修行已很久但看到許多人已悟道，但我卻沒有一絲成長，所以覺得很悲傷心也靜不下來，誦經自然也就靜不下心了。」釋迦牟尼佛順著機會施教問他：「你還沒出家以前從事什麼工作？」二十億耳尊者說：「沒出家前是彈琴的。」佛就問：「怎樣才能把琴彈得很好？如果琴弦太鬆了有沒有聲音？」二十億耳尊者回答：「弦太鬆根本彈不出聲音。」佛又問：「那麼把琴弦上得很緊，聲音好不好聽呢？」尊者回答：「弦太緊了也不好聽甚至會斷掉。」於是佛說：「修行其實是一樣的意思，心太緊張容易起煩惱反而定不下來；太散漫了又容易懈怠，所以應該隨時維持不偏不倚。」尊者聽了佛的開示以後心很快就定下來了。

心理學研究大腦通常會採用最偷懶的路徑去思考，但這會讓頭腦清楚的思考是費心力的事情，因此一般人在思考問題時常用非理性思維去聯想，並用眼前利益去決策解決問題，那如何能在每次都不以自我為中心來做選擇？

只有延遲滿足心態使本身不去認為一定可以，但也不因為困難認為自己無法做到，其實就是得失心的拿捏不過份強烈，要像個彈簧般可緊可鬆、可高可低，才能在世間百態中不失自我，也不在情感中依賴任何人事物成長，我不是無尾熊一定要吃尤佳利葉，更不是寵物只能靠主人養活，你張開雙手我一定過去擁抱，你將我推開我也不回頭。

人生如戲全靠演技

人沒辦法做到面面俱到但要學會圓融，學會因時地而制言詞，在什麼地方跟什麼人說話都要有不同方式，凡事表達話語都是因人而異，就像我上禮拜去上課時因爲是那門課第一堂，所以教授看了我們的資料後詢問各自職業，輪到我時他問了我：「是做生命產業的？」我說：「對，醫死人的。」教授皺了皺眉頭後繼續他的課程，還記得課程當中他忽然說了一句話：「讀到碩士了說話也該有碩士的樣子。」好的！我知道您是在指桑罵槐，不過也反省了一下好像眞的就是如此，怎麼會白目到在這種場合開玩笑勒！更何況我好像該學習怎麼裝斯文？總不能還是一副痞子樣去過生活吧！

星雲法師曾說：「童年出家後常聽師長們訓誡大家，做和尚就要像個和尚，你們不要畫地自限，要做什麼像什麼才好啊！我聽了以後謹記在心；這句做和尚就要像個和尚，做什麼就要像什麼？後來在我一生當中，發揮了很大的功用，六十年來我不曾散著褲管身著短衫外出，我不曾穿著大袍跑步，不曾上咖啡廳與人聊天，不曾在傾盆大兩時手執雨傘，甚至地震搖撼時落石崩於前，也都能鎮靜唸佛不驚不懼，這些舉止均非矯飾，而是經年累月持續當年的一念初心（做得像一個和尚的樣子）所養成的習慣。」

或許只有當你認真時別人才會把你當真，曾經我認為這樣的樣子很做作，就不是那種環境下成長為什麼要一副假掰樣？但不管身邊的人是怎麼過他的人生，當你選擇未來想成為什麼樣的人那刻起，就必須按照心裡的自己去改變並深信，我一定會成為那樣的人，「人生如戲全靠演技」這句話不該是用假裝形成的，而是切切實實把現今角色演好，並融入角色所有相對應的行為舉止，倘若今天我有筆生意要跟廠商談，結果廠商的說話方寸和態度跟我現在一樣，那我會不會放心且認為對方是能交付重任的？答案絕對是否定，所以不喜歡也得接受必須做出這種形象朔造，否則以後講正事大家都當玩笑在談就糟了。

聽取多方意見才能分辨是非，倘若只聽信一方的說詞，就容易愚昧不明而錯誤判斷，唐朝良臣魏徵回答了唐太宗李世民這樣的話，而什麼樣的君主是賢明或愚昧？在這特別想提到「三人成虎」，當聽到第一個人說城裡有老虎，那怎麼也不可能相信，而聽到第二個人說城裡有老虎，則會開始懷疑是否為真？再聽見第三個人說城裡有老虎，即使不是事實也會誤信，可見謠言是多麼恐怖的事，偏偏這世上大多數跟風者，以無知來證明自己的愚蠢，只要媒體說了某些八卦，甚至政治人物語言洗腦，社會不去了解就開始批評，彷彿大家都是局中人能感同身受，若是好事當然是共襄盛舉，但不分是非的盲從，使自己不自覺成為共犯，更不清楚是否影響自身的利益及安全。

有時候我們聽說朋友間的傳話，傳到後來根本就和原本的不一樣，結果是大家都相信後面那種勁爆的謠言，這就是多媒體在現今發達原因，觀衆們只想要他們想要被傳達的訊息，而非眞正本意，更多時候當事人連解釋的機會都沒有，就被吃瓜群衆灌上莫須有罪名，爲什麼我覺得民主是現代社會最大的騙局？政治人物抓住大多民衆無知心理，更了解底層人民假聰明心態，利用民選選出善於抓人性的僞詐欺分子，然後使人民擁有參與感及假性成就感，從而讓某些激進分子達到忠誠使命感，結果卻造成社會的陰陽錯亂、是非顚倒的認知性催眠，如果我們都能夠聽取更多意見，接收更大範圍訊息將會減少更多新聞案件發生，可是人們不願意也不接受承認自己錯誤，這樣怎麼可能分辨對錯？讓國家帶領各位前進。

很多人每天起床就是應付工作，直到下班回到家就想休息，放假了大家都期待能夠放鬆心情，根本連奮鬥的動力也沒有，安逸生活著每一天，當選舉到了期望著能夠選出一位使百姓安居樂業的官員，就想問：「爲什麼自己想要的生活是希望別人給你的而不是期望自己創造出來？」軍隊需要磨練才能強盛，人民也是一樣的，要讓一個人變弱的方式，就是一直給他想要的結果，久而久之就像行屍走肉任人控制了，而要一個人變強就讓他去適應該扮演的角色。

了解虛偽人性

知道自己的過錯並不難，能改正過錯才是難的事情；說出好話並不困難，會做好事才是難的，其實我相信每個人都知道自身缺點，也是有些人明知道這件事是錯誤但還是會去做，然而產生結果的原因總是堅持己見，或是給自己一個合乎道德藉口來塡補內心愧疚，總是拖延著改正過錯的責任來讓自身成長，所謂不知者無罪，但凡知錯了還是不改就是自己犯賤。

好話人人都會，說起來也很簡單，對自己鼓勵只需要一時衝動來確定目標並不難，常常看到周遭的人說自己想做什麼事？或誇著口說要改變，卻總是在空想的範圍裡無限重複播放，然而這些人跟大家都是特別好相處，因爲在他們心裡總不願意跨出同溫層的溫暖，對別人也只是戴戴面具把每個人當成朋友，那並不是用眞實的面貌與人相處，善良的心態怎麼會是虛情假意？又怎麼容許自己只說不做呢！

眞正想改變的人絕對都是用眞實個性與人交往，而那種凡事都是人情世故眉眉角角的善人，大多是利益驅使或計算得失而裝出來，眞正善良的人會接受每個人不同性格，盡可能去接受對方缺點，並且虛心接受別人告知自己不好的地方，然後思考並立馬做出行動，因爲情緒過後他們會用善意去理解，也就是說同理心在他們身上比較明顯，而且對自己總是比對別人還狠，從一個人觀察自己跟考核別人的行爲能發現，眞善或僞善其實很容易看出來，也能清楚明白這個人是否值得交往？只要觀察一個人的心胸，還有他遇到過錯以後做的選擇就能得知。

而且人就是種很奇怪的動物喔！明明就知道自己深陷下去這種角色會變得無法控制，而且馬路上隨便抓過來都可能更優秀，就知道工作要領師父的工資不要領學徒的，東西要吃爽的就吃貴一點，衣服要買就買好一點，這些道理道理人人都懂，但眞正去做到的沒幾個。

「老禾不早殺，余種穢良田。」出自《資治通鑑．陳紀》翻譯爲（殘留在地上已熟過頭的稱穀不早點割掉，落下的稻粒會使田地無法運作而荒蕪。）社會現象和自然生態一樣，容易受到環境影響而無法成長，出現問題以後才想到來解決便要付出更大的代價，自然生態出問題就會花很多人力去除，社會環境出問題善良的風氣就會因此毀壞，所以當發現任何事出現小問題時，就要趕快把它除掉，正所謂斬草不除根，春風吹又生。

其實這段話原指政治上霸著茅坑不拉屎的老臣，拉幫結派作威作福甚至壓榨百姓純樸生活，但卽使現在民意代表是靠選舉而勝任，但這些大環境的改善都不是我們底層市民能夠眞正去接觸的，我們只能做好自己，做個守本份的好市民，這樣才能藉由自己慢慢去影響社會，避免不良風俗敗壞。

這種在心理學上叫「破窗效應」，就是說如果有一間房子窗戶破了，但卻沒有任何人去修補它的話，不久之後其它窗戶也會莫名其妙被其他人打破，代表所有不正常行爲若沒有在發生時及時修補，便會產生連鎖效應一個接一個發生，就像牆壁出現裂縫沒有及時修繕，久而久之就不會想去理它，然後造成壁癌後反而會去適應並讓其繼續擴散，到時要整理就會出現很多片需要改善的地方，好比你在家裡附近看到有人亂丟垃圾之後，會在幾天內由很多人使那地方變成一個小垃圾堆，直到那地方乾淨了就不會再有人想丟，但又有一件垃圾出現就會開始有人接著亂丟了。

這是一個很奇妙的心理效應及人性，我們常看新聞會發現的犯罪率，也是照著這規律出現在新聞當中，但奇怪的是，越接近金字塔頂端的人越不容易出現這種情形，但不是以經濟爲標準，是一個人的教育和修養，因爲他們不會輕易改變思維，也不容許自己跟著別人而危害社會，最主要的是他們能自我控制行爲和舉動，並且發自心底看不起那些作奸犯科或投機取巧的人，所以在它們身上絕對不會物以類聚。

毒藥包在糖衣內

不分辨事情是非對錯只喜歡他人讚美自己，沒有人會比這更糊塗了，不審度事物道理而一味地奉承討好他人，沒有比這種人更讓人討厭的，任何包裝過的噓寒問暖都是帶有目地的，就像好看的香菇都是有毒一樣，白雪公主不就是被毒蘋果毒死的，童話讓他復活，但我們卻不是在童話裡。

有個寓言故事叫「獅子照鏡子」，有隻獅子王因爲都從來沒照過鏡子，也不知道自己到底長什麼樣子？但是經常聽狐狸和黃鼠狼誇獎自己，說獅子長得威風凜凜很有雅士之風，獅子王很高興的命令叢林中所有動物都必須稱他爲「紳士國王」，有一次國王聽說有一種叫鏡子的東西，可以照到任何在鏡子前的物品，於是牠就對著所有動物說：「如果我也有這種鏡子那就好了，每天可以對著鏡子看看我偉大的外貌，所以我一定要得到它。」於是狐狸和黃鼠狼必須費了九牛二虎之力，從一戶農民家中偷走一面鏡子，黃鼠狼還差點被農家的獵狗咬死，當牠們倆把鏡子送到國王面前時，獅子正在齜牙咧嘴的吃著晚餐，嘴巴和鬍鬚沾滿了血的樣子實在很難看，狐狸和黃鼠狼以爲會得到一番獎勵，但當獅子看到一頭張牙舞爪且滿口是血的禽獸，根本就不是狐狸和黃鼠狼所說的紳士，看見鏡子中的模樣獅子王頓時大怒，並對二者咆哮道：「這個長這麼難看的是我嗎？」說完後一掌將鏡子擊得粉碎，並將狐狸和黃鼠狼一口咬死了。

其實人就像獅子一樣對於別人稱讚時，都會愚昧的不照照所謂故事中的鏡子，認為別人說出口就是在他們眼中的自己，等到發現被戴高帽時才惱羞成怒，但獅子是有實力咬死欺騙牠的動物，倘若是兔子因受誇獎而信任對方言語，那下場就是相反的嘍！對於奉承者來說你不是兔子就是獅子？無心誇獎並非有心讚揚，如果是忽然間說出讚美那種是眞心的（例如你突然幫人解決問題或提出好意見），而且不是刻意越來越接近你，世上所有話都是眞心難辨、眞意難明，願各位都能在生活中成為智者分辨是非，阿彌陀佛、阿門保佑。

君子們在一起，可以稱之為是同德；小人們聚集在一起，可以稱之為朋黨，君子們會選擇自身的修養，並且為了彼此更好而互相幫助，會各自努力朝目標而共同前進，在困難面前任何遙不可及的夢想他們希望看到對方成長，但是格局小且玻璃心的所謂朋友，表面會是有交情的一群好兄弟，到了有利益關係情形下肯定會互相傷害，那些感情是暫時又短暫並且只能在原地踏步。

寧可在知識圈裡做個傻子，也不要在無知圈裡耍聰明，或許當做出這樣選擇時會考慮別人怎麼看自己？請相信我知識越高的環境他們越喜歡幫助人，如果遇到那些等著看你笑話的人，其實也沒必要在乎他們想什麼是吧！好的環境雖然也會有勾心鬥角或者無心的言語，最大的差別是大家都爲了變更強而競爭，處在壞環境是希望別人跟自己一樣弱，有一個最大的不同是在我自己剛做殯葬業時，遇到不懂的沒什麼人願意眞的教我，但在學校裡大家都很願意分享，可能有人會說：「是在學校又沒利益關係？而且可能是你做人失敗。」隨便啦！我的想法是文明人跟原始人的差異，如果你是文明人就可能會接受這種觀念，假如你是原始人就會覺得我說的話很酸，謝謝吼！我被很多很多人這樣一路酸過來的。

這是沒辦法改變的事情，因爲世界很多跟我一樣白痴到分不清是非對錯，但始作俑者到底有幾個已經不重要了，怎麼才能化解心中怨氣也不想去思考？我乾姊自殺前陣子告訴我：「你不要一直想著復仇了。」堅持別放棄生命就是爲了將賦予我的還給你們，那種不定時出現的所有畫面怎麼會輕易放下呢？想到曾經似乎有人罵我是文青，那就當個文青出本書吧！還有些說我是「咖小」的你們現在好嗎？誇張的是老公在監獄關還找我去妳家跟員工喝酒，是想當武則天想瘋了吧！裝可憐說想跳樓是要騙我過去擺我道吧！，想跳就跳吧！我不是廢死聯盟的。

但還是希望大家都能好好過，否則我的努力就白費了，就算環境是一切修養的根本，對於沒修養的就別用修養對他，要身處黑暗就別怪人心險惡，有時不計較別人就當你軟弱，至於未來已經沒什麼大不了的了，依舊朝著夢想努力直到老天要我醒悟，成功就歡呼，失敗就認輸。

人爲什麼會想要得到本來就不在身邊的？其實說穿了就是慾望引起那些不該的奢望，如果我能早點懂事就不會在胡同裡迷路那麼久，早點走出來是不是現在就有更多時間陪孩子？困在那些情情愛愛、天馬行空的日子我後悔了，那些因果是相連並傳染下去的，今天你爲了感情而耽誤事業，就會沒心思去督促自我成長，然後進而影響需要你照顧的人。

物極必反、積高必危

事物進行到最完美時就會向反方向發展，就如同冬天和夏天之間的氣候轉變；社會發展到極致安全時就會有危險，就像累積起來的棋子一樣終會倒塌，凡事都是物極必反、積高必危，在社會上看到很多好人到最後做了壞事，或者是很多壞人從良後做了很多好事，以台灣前總統陳水扁爲例子，從他就任台北市長開始就施行雷厲風行的掃黑，直到當選總統後依然是很多社會底層人民的偶像，誰也沒想到會出現「海角七億」的貪污案件，這就是英國政治圈盛行的一句名言「權力導致腐敗，而絕對的權力導致絕對的腐敗。」也是任何工作及社會地位對這樣規律的呈現。

通常會形成這種物極必反的人都會在心理學上呈現出一種所謂的「暗黑人格」，這種人格在商場會表現出冷漠自戀，或在政治圈顯現平近易人但善於權謀的形象，研究也發現暗黑人格與領導力有很大的關聯，很多領袖都有這類的暗黑人格特質，他們通常擁有超高的自信和果斷的決策力，一般人認爲不可能的事他們會試著解決，也因此讓這些領導者善於管理身邊人材和資源，但通常在權力達到一定程度時就會出現貪婪慾望，而一點一點侵蝕原本正義的靈魂，真正能控制住這些的人並不太有暗黑人格，甚至可能會讓人感覺出現軟弱的一面，就像馬英九當總統後期給大衆的印象，這樣是不是在無政治立場下能給讀者深刻鮮明的對比？

而「物極必反」這句話來自武則天，自唐高宗李治死後登基爲「則天皇帝」，隨著太子長大但武則天一點也沒有退位的意思，使很多前朝的大臣對她霸占皇帝非常的不滿，於是有位一位叫蘇安恆的大臣向武帝勸說：「太子已長大成有才華品德能當個好皇帝，但您卻忘情分依然坐在皇位上，百姓和大臣都支持將政權還給李家，如果到時候老百姓和滿朝大臣兵將反動，可就不能避免物極必反造成的動盪了，所以爲了國家安全您還是退位還帝位給太子，以高宗皇后的身份好好過一個晚年吧！」這故事告誡我們當身處高權時更要小心處事，別因爲一時貪念損失長久的規劃，急流時要湧退、退潮時要疾行。

雙胞胎的長相因爲極爲相同難辨，只有母親才能輕易辨別出來；而一件事情背後的利益得失表面也相似，只有智慧之人才能從中知道其利害關係，很多時候事情一體總是兩面，魔鬼往往藏在細節裡最後才蹦出來殺你措手不及，春秋時有個眞實故事是這樣的：晉獻公想要找藉口滅了虢國，可是晉國和虢國之間隔著虞國，侵犯虢國得經過虞國領地，於是晉獻公問大夫荀息：「怎樣才能經國虞國去討伐虢？」荀息答道：「虞國君王是個貪圖小利的人，我們送給他一些珠寶和駿馬，他一定會失去警戒心而借道讓我們的。」看晉獻公有點捨不得於是荀息就說：「虞虢兩國是唇齒相依的，討伐完虢國虞國也能順道滅了，您的寶物只不過是暫時存放在虞公那裡罷了。」晉獻公最後採取了荀息的計謀。

虞國國君得到這些珍貴寶物後就眞答應了，但虞國大夫宮之奇聽後阻止道：「不行啊！虞國和虢國是近鄰，我們相互依存是敵也是友，假如虢國被滅了我們也就沒有幫手了。」虞公說：「晉國特意送寶物來和我們交往，難道借條道路讓他們過去也不行嗎？」宮之奇知道虞國離滅亡的日子不遠了，於是就帶著一家離開了虞國，結果晉國借道消滅虢國後又把迎接晉軍的虞國滅了。

以上就是「唇亡齒寒」的由來，俗語說「害人之心不可有，防人之心不可無」，幫你的人未必眞的是在幫你，害你的人可能眞是別有用意，最恐怖的敵人不是拿著武器在你面前叫囂著，而是對你付出假心然後背地盤算著如何將其吞下，因爲眞心假意是如此難以分辨，所以「好人嘴賤、壞人嘴甜」能隨時警惕自己。

就像上述所說晉國對虞國這般的好意，其實是爲了自己才捨得對別人好，倘若一開始就對虞國說要順便滅了他們，那怎麼有機會把虢國給殲滅呢？這也是任何國際外交的基本觀念，從古至今大至國家、小至個人無不適用，很高興我能成爲這樣一個喜歡燒腦的人，也希望大家能和我的文章跟我一起成長，雖然還是很弱但是會努力變得更強大。

每次開車時都很不專心的想事情，更多時候想想文章內容，但也因此常常載著客人想著事情就過頭了，哈哈！如果被我這樣載過請原諒喔！最重要的是每次想一想等客人下了車時我就把剛剛的文案或問題的解答忘了一乾二淨，還眞的是貴人多忘事啊！但我是被開紅單在貴，不知道有沒有大腦隨身碟？可以想完事情直接存檔那種，這樣我就不用擔心文案被自己刪除了。

如果我是一隻神經病

假設我是神經病應該會在很多陌生人的地方自言自語，然後當成大家都是我朋友一樣和你們打招呼，假設我是神經病可能會拿著機關槍去烏克蘭打仗，然後屍體最後被運回台灣舉辦喪禮，假設我是神經病或許會一下開心一下難過，然後在心裡糾結著所有解不開的問題默默被情緒左右著思緒，其實我們都是神經病很希望做些不被道德約束的行爲，覺得這樣才是自己人生最值得證明活著的事情。

如果世界上沒有法律問題那可能會是神經病的天堂，也會是正常人的地獄，但我猜想到時候應該沒有任何人是正常狀態，可以大膽放肆誰會想要假裝矜持？反人性的本質就是因爲人性如此扭曲，才需要用這些不成文規定來當成束縛，結果現在的社會越來越順人性，也被大衆解讀爲所謂的人權，說穿了就是允許越來越多人可以做理想中的神經病而已，「沒關係的，我體諒各位的神經病不是種病。」什麼鬼東西啊！好像不接受別人有自我選擇權去濫用道義就是罪人。

好吧！就當成所有人都跟我一樣是神經病或許會好過點，但請不要這麼多神經病像瘋狗到處亂咬人呀！誰會想過資訊爆炸發達的時代會造就這麼多瘋子？我眞的覺得自己已經夠「北七」了，每次打開臉書就很喜歡看底下的留言，心想「哇！原來這樣多人都比我還關心社會。」

連一張藝人離婚家裡的床墊都可以版面大過頭條新聞，到底是甘你家屁事可以這麼多人沒事做？連我這個領精神科藥的都認為自己是正常人，那到底誰是不正常的人呢？以前知道住在精神病住院裡那些是狂人，而現在把那些人放出來我相信他們一定可以很快找到朋友，說不定這眞是治療這些病人的一種方式，不要傷害及妨礙他人就好了不是嗎？

「只要我喜歡有什麼不可以」這句話根本是神預言，套一句前總統說的「阿病錯了嗎？」沒有沒有！這世界只要不犯法都沒有錯，愛怎樣就怎樣千萬不要在乎別人怎麼想？這樣你才可以在一堆喪屍裡當不被敵人發現。

小鳥沒成鳥身上的毛還很稀少，不可能展翅高飛而翱翔天際，當一個人的能力不足以達到嚮往目標時，絕對不要輕易嘗試超過認知範圍的事情，除非你能保證從高處落下還能保住性命，否則就要有自我犧牲的心理準備，人說：「沒那屁股別亂吃瀉藥。」其實我倒覺得從失敗中成長會是最深刻的經驗，想得到自我提升能力越級打怪是好選擇，但想成就一番功業則需要厚積薄發，可是人性很複雜，如果小鳥摔死了大家就會說：，「活該死好。」，可是小鳥若能和一群大鳥飛行各位又會說：「這隻小鳥好強，別隻都飛不起來耶！」

有次一位企業家來到雕刻藝術家的工廠，企業家想要買件精美雕刻品放在公司門口，於是看到一具栩栩如生的展翅老鷹雕像，問藝術家：「這多少錢？」藝術家答：「開價八十萬，直接買下可算七十。」企業家氣的大罵：「不就一隻大雕嗎？七十萬我都可以買一台車了，你就不能便宜點？」藝術家請企業家一起到展場後的一塊空地，空地上擺滿著近百件雕塑失敗的藝術作品，然後告訴企業家說：「這些是我三十年來所有失敗的作品，每次失敗了只能把作品想辦法重新塑造，不知不覺就累積這麼多等著重生的劣質品，而您看到的那件是我花超過七十萬去學習，才能創造出這樣的完美作品您覺得它不值嗎？」企業家思考片刻後決定將這隻老鷹購下，並且告訴藝術家：「這件作品雖然不是花三十年打造的，但裡面卻代表著堅持不懈的永續精神，我會把它當成公司象徵來勉勵員工，謝謝您。」

台上三分鐘、台下十年功，只有自己知道爲了這個上台機會，在無人問津的每個日子裡是怎麼渡過？這一小步雖然沒有比任何人的成就了不起，但卻是提醒著自己該繼續往下個目標前進，且隨著身份改變行爲模式也該到另一個階段，並不知道會有多少人支持？

更不曉得跨出這一步後能不能離夢想近一些？但知道這一腳踩出去後就只能往前不

能往後，希望有榮幸能帶給和我一樣受過精神困擾的人一絲溫暖，並且祝福我們都能正常去面對世界，就算這本書沒得諾貝爾獎，最少我還有諾貝爾奶凍可以買，而最後的這篇文章想告訴各位，有四個字從看到後就深深刻在我的腦海裡，希望大家也能稍微去理解一下意思，《易經．乾卦初九》「潛龍勿用」送給大家，謝謝各位。

愛您們喔！

國家圖書館出版品預行編目資料

從地獄重生的惡魔／陳風著. --初版.--臺中市：
白象文化事業有限公司，2023.4
面； 公分
ISBN 978-626-7253-81-6（平裝）

863.55　　112002435

從地獄重生的惡魔

作　　者　陳風
校　　對　陳風
發 行 人　張輝潭
出版發行　白象文化事業有限公司
412台中市大里區科技路1號8樓之2（台中軟體園區）
出版專線：（04）2496-5995　傳真：（04）2496-9901
401台中市東區和平街228巷44號（經銷部）
購書專線：（04）2220-8589　傳真：（04）2220-8505
專案主編　李婕
出版編印　林榮威、陳逸儒、黃麗穎、水邊、陳媁婷、李婕
設計創意　張禮南、何佳諠
經紀企劃　張輝潭、徐錦淳
經銷推廣　李莉吟、莊博亞、劉育姍、林政泓
行銷宣傳　黃姿虹、沈若瑜
營運管理　林金郎、曾千熏
印　　刷　百通科技股份有限公司
初版一刷　2023年4月
定　　價　250元